Foto: © Rasmus Klump

Peter Zemla, 1964 in Bamberg geboren, lebt heute in Bayreuth. Prosa- und Lyrikveröffentlichungen in zahlreichen Anthologien und Literaturzeitschriften, u. a. *Lichtungen*, *Der Maulwurf*, *Jahrbuch der Lyrik* (2021 und 2023). 2017 produzierte und sendete der Bayerische Rundfunk sein Hörspiel *Mein Bruder*. 2018 war er Stadtschreiber von Pfaffenhofen an der Ilm und für den Dresdner Lyrikpreis nominiert. 2020 wurde seine Erzählung *Das Spielzeug* mit dem Walter-Serner-Preis des rbb und des Literaturhauses Berlin ausgezeichnet.

Peter Zemla

nach noch

Letzte Balladen

kul-ja! publishing

Die Deutsche Nationalbibliothek verzeichnet diese Publikation in der Deutschen Nationalbibliografie; detaillierte bibliografische Daten sind im Internet unter http://dnb.d-nb.de abrufbar.

1. Auflage Juli 2023

Nur echt mit dem Kulibri.
Homepage: http://www.kul-ja.com

Covermotiv: *Die asphaltierte Beerenstreu*, © 2022 Julia Kulewatz
Lektorat: Lisa Lehmann, Stephan Herbst

Printed in the EU

ISBN: 978-3-949260-14-8

I.
Zeichen

Schwarzer Bunker

Manche behaupten und sagen, Entsprechendes gehört zu haben, von jenen, die Entsprechendes wissen müssen, neulich, gestern vielleicht, in jedem Fall beim Gehen im Kreis, wo auch sonst, unsere Kutten seien gestreifte, und dieselben, es könnten dieselben sein, die Stimmen kommen uns leidlich bekannt vor, wir mögen uns irren, das allerdings, behaupten, wir seien ein Teil der Strafe, die *Schwarzer Bunker* genannt wird, wir sagen *Ach was* und dass sie Luft sparen sollten und Speichel fürs Gehen, wir gehen und gehen.

Dass Augen, sie sprechen, was Irres einem beim Gehen im Kreis alles einfällt, von Augen, farbige wären, sagen sie, es gäbe, kein Zweifel, welche, die seien wie der Himmel so blau, was, bedenkt das Eitern der Worte, kein Zweifel, sie reden vom Himmel, auf die Geschwüre, die sich an den Füßen, den bloßen, den brandigen, ranken, zurückgeht, aufs Fieber, das sie durchglüht, dass es nicht auszuhalten wäre vor Glanz, würde die Nacht, durch die wir immerfort gehen, ihn nicht wie alles verschlucken, wir gehen und gehen.

Sie flüstern, sie säuseln, sie halten, so heißt es, beim Gehen im Kreis, wir wollen dergleichen nicht glauben, sich fest an den Händen, was Sinn macht bei den geschorenen Köpfen, bei Knochen und Haut, die wir sind, nichts anderes mehr, was uns unterscheidet, den einen vom nächsten, dass ein suchender Griff in den Schritt Sinn machen würde, doch könnte wer stolpern dabei, und wer stolpert, der fällt, und wer fällt, der bleibt liegen, bis der, über den wir hinwegsehen, über den wir hinweggehen, sich festtritt, wir gehen und gehen.

Manche behaupten, jene sind es, die am längsten schon gehen im Kreis, jene, die, fragt man, was keiner mehr wagt, was vorher gewesen, *Nichts* sagen, es hätte ein Ende, es würde zuletzt eine Türe geöffnet und anderenorts fände sich, was hell ist, was warm ist, wofür ein anderes Wort als *Suppe* erdacht werden müsste, wozu freilich die Kraft fehlt, aber einige schaben, ich weiß es, ich hör es, ich mach es, ich lass es, den Schorf, um gerüstet zu sein, kratzen aus den Rippen den Dreck sich beim Gehen, wir gehen und gehen.

·

Das Knacken, das Splittern

Das Knacken, das Splittern, das Bersten der Häuser der Schnecken zu hören, noch ehe die Sohle berührt hat, was zu knacken, zu splittern, zu bersten vermag, nagt hinein sich und nimmt sich, Kot hinterlassend, was gedacht war für gleich und bedacht war für später, dass weit geweitete Augen stieren, hierhin und dorthin, und ein Bein erstarrt eine Handbreit über der Erde, erstarrt wie der Rest, die Warzen, das Zäpfchen, in der Nase die Haare, was jeden Schritt, zurück, nach vorne, zur Seite vielleicht, undenkbar macht, da anderenfalls ein Knacken, ein Splittern, ein Bersten, ein innerwändiges, zu befürchten wäre, und das also ist, was ist, das Fürchten, das Fürchten, das Fürchten.

Verwandlung

Jener, dieser, der hinter mir steht und hinter mir geht, wenn ich gehe, der sich dreht mit mir, wenn ich mich drehe, und seinen Arm hebt, seinen Kopf senkt, ich spüre es, wenn ich mich beuge, wende, der unter mir liegt, wenn ich liege, unter mir lebt, wenn ich die Augen schließe und endlich mich beruhige.

Jener, dieser, der, wenn die Nächte werden, wenn ihre eternitnen Quader sprießen, sich spreizen, dehnen, steigen, sich verzahnen, sich anschickt, dass mir die Flanken beben, dass meine Nüstern Blutschweiß sprühen, der durch mich durch scheint, der in mich eingreift, aus mir ausgeht, mir hervorgeht.

Jener, dieser, der vor mir bleibt, wenn ich mich ducke, strecke, mich verneige, der vor mir schreibt, was ich verschreibe, der mit der Zeit, der dann, der jetzt mich treibt mit Tritten, der, was ich sage, ansagt und, wenn ich schweige, vor mir schweigt, der schleift mich fortan mit an Schlingen aus Gewebe.

Plappernd und feixend

Die Rotter und Stutzer, die Scherer, die Senger, sie gehen voran mit ihren mit Stahlkappen versehenen Schuhen, mit den dick gepolsterten Knien, mit ihren Fäustlingen aus Metall. Immer gehen sie voran und wir hinterdrein, im Schatten, plappernd und feixend.

Wir kehren die Schur, das Verkohlte, Gefällte beiseite, wir pusten die Späne vom Weg. Wir wedeln, was klebrig, was krustig ist, trocken. Wir scheuern herunter den eingefressenen Ruß. Wir polieren, plappernd und feixend, das Geräumte mit Speichel auf Hochglanz.

Bevor es Fenster gibt, es wird Fenster geben, bringen manche Vorhänge an. Manche plädieren für wärmeres Licht. Manche beginnen zu häkeln, Mützen und Deckchen. Plappernd und feixend malen sie Sofas auf Pappen, Kissen, Kamine und Philodendren Gloriosi.

Wir würfeln, plappernd und feixend, mit den übrig gebliebenen Knochen. Wir klopfen uns auf die Schenkel, wir reißen den Mund auf, dass sie blitzen, die Zähne aus Gold. Über die Wangen laufen uns Tränen vor Lachen. Dies Leben, behaupten manche, sei herrlich.

Falsche Hände

Sie, um mit ihr zu beginnen, die mit ihm war seit längster Zeit, soll, so raunt man, an einem Tag, der weit zurückliegt, was aber daher rühren mag, dass wir die Tage nicht mehr zählen, die Nächte, plötzlich, so liest man es in den Berichten, und für ihn, den einen, unerwartet, soll beiläufig, doch bestimmt gesagt haben, dass seiner Finger Kuppen so anders wären, rot, dass seine Hände, mit denen er hantiere, hart und hornig wären, grob, dass ihre Haut fortan und länger in der Lage nicht mehr wäre, wiederzuerkennen sein Streicheln.

Als sie verscharrt war, wie lange das her ist, besah er sich, noch schwitzend, noch keuchend, die Hände und dachte, weil er wieder dachte, wie scheckig, wie rot sie doch wären, wie rissig, dachte, sie seien so anders, und konnte bald nichts anderes denken, und musste sie ansehen am Tage, bei Nacht, seine Hände, bis plötzlich, so heißt es in den Berichten, ein Finger ins Auge ihm fuhr, ein zweiter das Auge ihm ausriss, derweil die, die ihn kannten, den einen, sagten, dass fortan ein Unding es wäre, wiederzuerkennen sein Schreien.

Er, um es enden zu lassen mit ihm, hörte hinter der leeren Höhle das Pochen am Tage, bei Nacht, hörte es, dunkler und dumpfer als jemals das Pulsen, so anders, doch genau, wie es pochte, so dunkel, so dumpf, in den Nägeln, den Wurzeln und unter den Tellern, darum er, der eine, mit der Axt die Linke sich abhieb und danach hinauf auf den Damm ging, tropfend und triefend, und, so jedenfalls steht es in den Berichten, auf die Schiene, die rostrote, legte die Rechte, dass es fortan unmöglich wäre, wiederzuerkennen sein Schweigen.

Die Schlaufe der Leine aus Leder

Der Schmerz, der ein weißglühender ist und von der Art, als könne ihm, scheint es, keine Sekunde länger standgehalten werden. Vom Finger, dem kleinen, der Rechten, die in der Schlaufe der Leine aus Leder steckt, brennt er sich gierig und funkelnd durch bis hinter die Augen. Nichts lieber als nachgeben nun, loslassen die Leine, die stramm gespannte, das zerrende Tier endlich ziehen lassen ins Dickicht hinein und weg, dass er nur endlich verebbe, der Schmerz, der weißglühende.

Das Tier, das ein edles ist und, so heißt es, zu dessen Ahnen Sieger gehören, prämiert für Wuchs, Fell und Charakter. Jetzt zerrt es, will ins Dickicht hinein und darf nicht, alles, nur das nicht. Ein Stemmen dagegen, ein widersinniges, und das obwohl der Finger, der kleine, der Rechten, in den die Schlaufe der Leine aus Leder schneidet, ein einziger Schmerz ist. Am Arm beult sich der Muskel dem Ende der Leine entgegen, wo es wittert und zittert und keucht, das Tier, das edle.

Das Dickicht, das ein lockendes ist und das, was es einmal verschluckt hat, so nicht mehr frei gibt, anders vielleicht. Hinein zerrt das Tier, wo es schimmert, bronzen und pelzig, und das Aas einen süßlichen Duft verströmt. Den Halt verlieren im Morast unterm Laub, der der Weg ist, rutschen aus der Schlaufe der Leine aus Leder nun, es ginge über den Schmerz, den pochenden, hinaus. Es wäre das Ende, so heißt es, Rettung, so steht es geschrieben, im Dickicht, dem lockenden.

Rendezvous

Marissa hat Spinnen im Haar, das sollte man mögen. Ansonsten sei sie ganz nett, heißt es, und klug sowieso. Sie kaut auf den dunklen Bügeln der Brille, wenn sie von Hobbes spricht, den Mechanismen der Herrschaft. Vom Naturrecht erzählt sie, vom endlosen Strömen der Waren.

Marissa hat Spinnen im Haar und nennt sie mit Namen, was jedermanns Sache nicht sein muss. Sie hat Schaum vom Kaffee auf der oberen Lippe, das würde mich schon reizen zum Kuss. Sie spricht von Geschlechtern, Körpermaschinen, deren endlosen Kampf mit dem Geist.

Marissa hat Spinnen im Haar, das will ich nicht leugnen. Den Schweiß der Geschichte erwähnt sie. Sie spricht und ich bin so weit, wenn sie spricht, von Sünde zu träumen. Sie fängt eine Fliege und steckt sie sich in die Locken. Für die Kleinen, sagt sie, ihr endloses Spiel.

November

Der hört, wer hören kann, die Erde im November, die braune, fette, vollgesogne, schmatzen, hört sie verdauen, dass dem, der hört, der Speichel, beinahe wie in Bächen, einschießt, dass er die Kleider sich vom Leibe reißt, die Fetzen, in denen seine Haut schon hängt, das mürbe Fleisch vom Leibe reißt und sich mit dieser fetten, braunen Erde salbt und sich verteilt auf diesem Acker, auf dass ein Bauer kommt, die Wintersaat zu säen, ihn unterpflügt mit seinen offnen Ohren, offnen Augen, offnem Schädel und sie ihn aufnimmt, einnimmt, zudeckt für den Winterschlaf, die fette Erde im November.

Fussel, Krümel

Sodann ein Klopfen, ein mit Hitzeflecken gepunktetes, auf die Taschen des Mantels. In die beiden außen fährt er hinein, in die eine innen, nachdem er den Knopf des Mantels geöffnet hat, fährt hinein, ein ums andere Mal.

Klopfend prüft er die Taschen des Jacketts, dann die der Hosen, die vorne und jene hinten am Gesäß. Aber auch dort findet sich, was eine stachlige Unruhe ihn mahnt zu finden, nicht vor, stattdessen nur Fussel und Krümel.

Es wäre hilfreich, seinen schnüffelnden Fingern einen Hinweis zu geben. Vermisst er ein Medaillon mit dem Bild der Liebsten, den Glücksbringer aus Bernstein oder seinen Schlüsselbund? Er kann es wirklich nicht sagen.

Vielleicht hat er, fragt er sich, was er sucht, in der Bahn liegen lassen oder hat es vergessen im Amt. Nur dass er sich nicht erinnern kann ans Quietschen der Züge oder ans Rascheln eines Formulars. Beim besten Willen nicht.

Auf seiner gefurchten Stirn perlen Tropfen, die, bekäme sie jemand zu kosten, nach salziger Panik schmeckten. Dies wäre, denkt er, der rechte Moment, nach Hilfe zu rufen, doch wen rufen und, falls dieser käme, weshalb?

Aus dem Ruf wird ein Schrei, ein krähender, kaum, dass er sich der Kehle, der zusammengeschnürten, entwindet. Hinter den rissigen Balken des Himmels verhallt er oder zwischen den Rippen der Kanalisation, irgendwo dort.

Zuletzt gelingt ihm ein Blinzeln und er sieht dabei in Gesichter, die sich über ihn beugen, als wären sie, ganz unerwartet, auf etwas gestoßen. Aber nein, nichts war da zwischen Scherben und Kies, nur Fussel und Krümel.

Nicht mehr

Da sei es wieder, das summende
Zischen, das zischende Summen
am Ohr, dass eine Hand, meine,
wie ich anzunehmen gewillt bin,
hochfährt, hinwischt, wirsch und
unwirsch zugleich, ins Vermuten,

husch, zu scheuchen den Stecher,
den Sauger zu hindern, kusch, am
Stechen, am Saugen das stoßweis
gepumpte, das pochende Blut, das
meine, wie ich nicht müde werde,
obgleich bleischwer die Lider, zu

meinen, als wäre ich wert, Beute zu
sein noch immer, Partikel des
spreißelnden, kreiselnden Sounds
vom wirren Wuchs, vom Treiben
und Reißen, Beißen, vom Spritzen,
Greifen hinauf, hinauf und hinein,

wo doch, um ehrlich zu sein, von
mir, den meinen keine Rede mehr
sein kann, wo doch die Weise vom
Blut, dem pochenden, nicht mehr
als ein Hall ist, Hand und Ohr, das
Wischen, das Zischen nicht mehr.

Die Schwester

Weißt du, sagt die Schwester, fragt mich, ob ich noch wüsste, sagt es, während ihr aus den Winkeln Speichel tropft, was am Zungenkeil liegen mag, der ihr im Mund sitzt, weißt du, sagt es, dass nur ich es verstehe, der ich ihr Lallen kenne, ihr Jaulen, wie der Mann, jener Mann, vor uns stand mit einem Mal, der Mann mit den Schlittenhundaugen, weißt du, wie es hieß, lallt sie, er sei unser Vater, jener mit der schwarz gebrannten Haut, ob ich mich, fragt sie, daran erinnern könne, wie wir beide, sie, die Ältere, mich, den Verkümmerten, an der Hand gehalten habe, sagt es, wir, die wir die Sonne immer gescheut hätten, wie sie nur darauf kommt, denk ich, wie es hieß, er sei im Süden gewesen, zu Vermessungen, hieß es, sagt sie, und wie wir zu schreien begonnen hätten, ich und sie, sie wüsste nicht mehr, wer von uns beiden zuerst, ich oder sie, jault sie, die Schwester, die Ältere, der ich den Speichel vom Kinn wische und die feuchten Haare ihr aus der feuchten Stirn, weiß du noch, sagt sie.

Schwarz wie die

Ein dicker Junge lief an einem Freitag übers Stoppelfeld. Wir konnten hören, wie er *kraah* machte, *kraah*, zwischen dem Keuchen, zwischen dem Stöhnen, wenn seine dicken Beine den Takt nicht halten konnten, weil seine dicken Füße umknickten in den Löchern der Mäuse.

Wir konnten sehen, sieh doch hin, sagte der eine von uns zum andern, dass er sich schwarze Federn in die Maschen des Pullovers gesteckt hatte und dass schwarze Federn hinter seinen Ohren steckten und im Haar. Auch zwischen seinen dicken Fingern schwarze Federn.

Wir konnten sehen, jetzt sieh aber doch, wie er mit den dicken Armen auf und ab schlug, auf und ab immer wieder, als er den Rand erreichte, dort wo blass der Himmel beginnt, wo ein Kirschbaum steht, darauf die Krähen mit Vorliebe rasten. *Kraah* machten sie jetzt, *kraah.*

Ein dicker Junge schlief, vielleicht war es ein Sonntag, und träumte vom Blau und von Cumulusbaiser jenseits vom Keuchen und Stöhnen. Wir strichen ihm schmunzelnd den dicken Kopf, wir inmitten all jener, die schwarz waren, schwarz wie in der Kirsche die Krähen.

Vor die Hunde

Ohne angeschnauzt zu werden, ging das zu Anfang nicht ab. Die einen zwickten mich in die Flanke, und andere ließen ein Grollen aufsteigen in ihren Kehlen. Der Rüde mit der rosa Narbe über der Nase zeigte mir Zahnfleisch und Zähne, dass es mir ratsam erschien, den Schwanz zwischen die Beine zu klemmen, mich noch kleiner zu machen, als ich schon bin, und auf Abstand zu achten.

Erst, als meine Rippen sichtbar wurden für alle und im Fell die schütteren Stellen sich mehrten, wurde ich würdig. Sie nahmen meine hinteren Teile unter Beschau, ließen mich mit in die Höfe, wo es Mülltonnen gab ohne Deckel. Wo ich lernte, den Schimmel zu schätzen und dass Verdorbenes, wenn es hart kommt, mehr bringt, als den Mond anzuheulen in falsch glitzernden Nächten.

Heute bin ich einer von ihnen. Gemeinsam schlecken wir auf, was wir hervorgewürgt haben. Wir schlagen Radau, wenn sie mit Prügeln uns jagen. Gemeinsam flüchten wir dorthin, wo niemand uns folgt. Sogar die Narbennase lässt mich an ihrer Seite jetzt schlafen. Mir doch egal, dass ihre Pfote so schwer, ihre Zunge ganz rau ist. Es gibt Schlimmeres, als vor die Hunde zu gehen.

Über das Handpuppentheater

Wie leicht, wie unfassbar leicht war es für jenen, gerade noch hatte mein Hohn ihm gegolten, mich aufzutrennen, mich aufzuknöpfen, hinten, kaum über dem Steiß, einzufahren in mich mit der Hand, seiner linken, er spielte mich links, mich anzufüllen, auszufüllen in Gänze, mich zu versehren, mich zu heilen zugleich.

Er sprach mich fortan, er hieß mich, er ließ mich nicken, die Augen verdrehen. Er stieß mich an und meine zu nichts als Pendel gewordenen Glieder folgten auf eine mechanische Weise von selbst. Er sang mich den einen Tag und ließ mich anderntags fluchen. Meine Tränen war er, mein Rotz, Sperma, mein Speichel.

Es wäre die Pein, die größte, die Scham, dachte etwas wie ich ganz unten, ganz hinten, vielleicht dachte er es. Und verlor am Spiel seine Lust. Er zog zurück, er fuhr aus mir aus. Er warf mich, entbeint, in die Weiden, knüpfte mich auf in den Weiden, ließ mich hängen, auf dass der Wind, der blieb, sich an mir versuche.

Ein Anderes

Es braust, es brüllt. Die Wipfel
biegen sich. Wir sehen bangen
Blicks vom Forstweg auf, was
über uns und über allen braust
und brüllt. Spürst du, fragst du,
hauchst du, und wie sollte ich
es nicht, was in der Luft liegt?

Es braust, es brüllt. Ein Tier,
das schreit. Besser ist es auf
dem Holzweg nicht geworden.
Es braust und brüllt, und dass
du dir die Ohren zuhältst, will
nichts nützen. Wie sollte es,
sag ich, was du nicht hörst.

Es braust, es brüllt. Wir stehen
im Gestrüpp. Es gibt kein Vor
mehr, kein Zurück. Du rufst
hinauf, wo's braust und brüllt,
dass du es leid bist und endlich
du nun ruhen willst. Wie sollte
es, denk ich, auch anders sein?

Gefundenes Fressen

Die Augen zuerst. Die Krähen streiten sich drum mit spitzem Gekrächze. Die stärksten zwei, die cleversten, schwingen sich auf, endlich, mit der Beute im hornigen Schnabel. Die übrigen zerren, lustlose Verlierer, eine Weile noch an schlierigen Strängen und Fetzen und stieren hinein stieren Blicks in die Höhlen, als läge darin als Orakel der Krähen, dem dunklen, der Schlüssel verborgen.

Von oben seh ich, man sieht so weit besser, was Würmer, was Asseln beginnen. Wie gierig sie sind. Ich kann sie verstehen. Es rücken Schwarzkäfer an, Todesverkünder, die schimmernden Panzer einzugraben ins Fleisch, das meines gewesen. Es schieben die Fliegen, eine eng neben der andern, geschwollene Leiber hektisch ins mürbe Gewebe, ein Paradies, so mögen sie meinen, für ihr Gelege.

Am Morgen, dem nächsten, dem Morgen darauf, ich seh durch die Krähe, die kommt, sich, was schon weich, was schwammig geworden, zum Frühstück zu holen, seh ich, wie es unter und auf meiner Haut, der pergamenternen, lebt, wie es zuvor nie gelebt hat. Das Kleid aus Maden steht mir nicht schlecht. Dass Flügel ihm wachsen, denk ich, dass es richtiger wäre, nicht mehr zu denken.

Meine Zunge, so wird erzählt auf dem Feld, später, hätte ein Dachs sich gesichert. Ich habe noch nie einen gesehen, wie schade. Aber den Marder seh ich, ein witziger Bursche, wie er sich nimmt ein paar eilige Bissen aus der Gegend der Milz. In der Dämmerung, doch, ich kann es erkennen, von ferne, vom Baum, holt der Fuchs sich ein Bein. Dann wird es still, als wäre vom Fressen alles zu müde.

Nach Wochen, es könnten, so mein ich, fünf oder sechs vergangen sein, ist das Gras um jenes, das ich war, braun und saftlos geworden. Es stehen zur Auswahl noch die Bögen der Rippen, von den Zähnen fast alle, ein Schenkel. Obgleich blank poliert, scheint das niemand zu locken. Der Wind sei immer der Letzte. Die Krähe sagt's und lässt sich treiben zum Feld auf der anderen Seite der Straße.

Fleck, Fluse und Klecks

Ich liege. Das ist mir geblieben. Unter Decken, in Kissen. Begraben, geborgen? Wer will das entscheiden. Ich spüre die Füße, die Beine nicht mehr. Ich starre.

Die ganze Zeit. Auf den Fleck am Putz über mir. Wie Lack glänzt er. Schwarz ist er. Nicht groß. Kaum sah ich ihn vor Tagen. Er kam näher. Wie freundlich.

So sind sie. Der Klecks an der Wand neben mir. Meiner Schwester Malheur, hatte ich noch gedacht. Aber auch er bewegt sich. Auf mich zu. Angenehm.

Sie kreucht: Die Fluse auf dem Teppich. Vor mir. Zweifellos. Ich kenn sie seit Wochen. Ich bilde mir ein, ihr Rasseln, ihr Ächzen zu hören. Manchmal nachts.

Wer ist da? Mir zu wischen den Sand aus den Augen. Mir den Speichel vom Kinn. Fleck, Fluse und Klecks, sie jagen heran. Sie sind mir geblieben. Ich liege.

Wir auch

Vater, von der Dialyse kommend, wedelte, wilder, als wir es von ihm gewohnt waren, mit einem Bogen Papier. Draußen herrschte Blättergestöber, das hatte uns schwindlig gemacht. Vom Wedeln wurde uns schlecht.

Der Bruder habe geschrieben, sagte drinnen der Vater. Von Kalbsbraten schreibe Aaron und vom goldenen Herbst. Aber auch, dass man ihm den Fuß habe abnehmen müssen und dass es schwierig sei mit der Prothese.

Wir fallen auseinander, sagte der Vater und ging zur Kommode, wo er, neben anderem Krempel, das kupferne Becken aufbewahrte. Er kramte ein Döschen hervor, drin lagen die abgebrochenen Zähne der letzten Tage.

Dann bestand er, der Vater, auf Kaffee und Kuchen. Zuvor nahm er sechs, acht Stück seiner Tabletten. Jeder von uns schluckte heimlich eine der roten. Wir fallen, sagte kauend der Vater. Wir auch, sagten wir.

Es lebe der König!

Unsere Kinder, aus sentimentaler Gewohnheit nennen wir sie weithin so, fanden den König beim Spielen im Dreck. Ihm fehlte der Kopf. Das störte sie nicht. Mit Spucke brachten sie ihm Mantel und Strümpfe wieder in Ordnung.

Sie bauten ihm aus Knochen, aus Knorpeln ein Schloss. Sie stellten eine Schuhcremedose als Bettchen hinein und einen lädierten Eierbecher als Thron. Ein Knäuel Garn war die Königin und eine tote Wespe die gemeinsame Tochter.

Er trank Tee aus einem Service aus Kiesel. Er trat hinaus auf den Knochenbalkon, weil die Rufe, *Es lebe der König!*, ein Ende nicht fanden. Er hob seine Hand, die gesplitterte, zum Gruß und schickte ein Lächeln voll Huld hinterher.

Dann krachte ein Fels in den Jubel. Heulend packte der Sturm das Schloss und zerrieb es zu Mehl. Der König verlor seine Arme, ein Bein. Dann stampften sie ihn zurück in den Dreck, sie, die wir immer noch unsere Kinder nennen.

Wirklich nicht

Irgendwer spielt Xylophon. Von irgendwo, von weit, weit hinten, scheint es, sickern Töne, die hölzernen, harzigen, in mich hinein. Wach auf, bedeuten sie mir, wieder und wieder. Dabei mag ich mich wirklich nicht erinnern, eingeschlafen zu sein. Auf dem violetten Moos hier, inmitten all dieser Eichen mit den blassblauen Blättern.

Schatten huschen vorbei, sie tippeln, sie tänzeln. Sie tragen Kostüme aus Fleisch und Hüte aus Haar auf den Köpfen. Haben sie Flügel, haben sie Fühler? Ich mag es wirklich nicht sagen. Sie flüstern: Wach auf. Ein brennender Hirsch, aus dem Dickicht gebrochen, fixiert mich wie etwas, was noch keiner der Hirsche gesehen hat bislang.

Ich öffne Augen, die meinigen, jetzt. Ich schaue hervor aus dem Bettzeug, dem violetten, hinauf zur hölzernen, harzigen Decke. Dort hängen die Bilder von träumenden Bäumen, die ihre Wurzeln strecken, hinaus in die Luft. Dies ist nicht mein Zimmer, nein, wirklich nicht, nein. Wach auf, lall ich im Takt, den irgendwer irgendwo spielt.

Weiteres, Anderes

Als es blitzte, kaum später prasselte,
über Weiteres, Anderes Auskunft zu
geben, stand uns, den Ertaubten, seit
langem Ergrauten, nicht zu, suchten,
fanden wir Zuflucht unter den Pilzen.

Derweil es immerfort platzte, hielten
wir zitternd umfangen uns und des
Pilzes Stamm und kniffen zusammen
unsere Augen im Glauben, Weiteres,
Anderes nicht erdulden zu können.

Bis Fetzen von Himmelsgedärm uns,
die wir eingenässt waren, über die
Lider, die zuckenden, strichen und
uns ohne weiteres, anderes schlafen
legten unter der Obhut des Pilzes.

Als im Moos wir erwachten, wagte
aus Furcht, nicht Weiteres, Anderes
zu erwecken, keiner die Frage, was
falsch ist, sind wir es oder die Pilze,
in die leckende Welt zu entlassen.

Die Kirschkernentfernerin

Wie ich das Messerchen anzusetzen hätte,
zeigte sie mir. Wie die Kirsche zu fassen
zwischen Daumen und Zeigefinger. Dann
genüge mit der Spitze ein Piksen, das die
Haut einritzt, ein bedächtiges Ziehen der
Zähnchen, das das Fruchtfleisch aufspreizt.

Besser sei es, den Saft, den roten, der über
die Finger rinnt, dabei nicht zu beachten.
Stattdessen brauche es Gefühl, sagte sie,
nicht wenig davon, nun mit dem Messer,
manches Mal genüge ein Drücken schon,
zu locken, zu lösen, zu bergen den Stein.

Sagte es mir und ritzte die Haut und teilte
das Fleisch, dass es spritzte rot und süß,
und fuhr tiefer hinein in das Fleisch, das
ihr eigenes war, und spreizte das Fleisch,
bis es weiß darin aufschien, und strahlte
so, als gäbe es etwas zu locken, zu lösen.

Familie Hui

Zu einer Zeit, als es begann, worüber wir nicht sprechen, mit andren Worten: was *früher* war, sich neigte und verging, der Sturm zu brüllen anhob, brüllend fegte, dass alles duckte sich und sich verkroch und sich die Ohren zuhielt, Mund, Nase und die Augen, soll, so kakeln wir, wenn nicht zu denken ist ans Weiterkommen, der Vater der Besagten spaziert, stolziert sein über Äste, Trümmer, Blech und mit Entzücken ausgerufen haben häufig *hui*.

Dass einst der Wind in seine Haare fuhr und sie ausraufte, fispeln wir, dass er ihm seines Mantels Schöße blähte, als wären schwarze Flügel ihm gewachsen, dass er ihn fortriss, heulend mitriss und zerzauste wie eine der im Flug krepierten Krähen, derweil und dessen ungeachtet der Vater der Besagten von neuem sich die Fliege band und sich den Scheitel zog und sich mit einem Taschentuch die Brille putzte und hin und wieder freudig ausrief *hui*.

Und neben ihm, so murmeln wir, bevor wir schlafen, sei seine Frau herangeweht mit Hochfrisur und aufgedunsnen Backen und soll begeistert *hui* gerufen haben, die Schöne, die der Besagten Vater, obschon im Strudeln, noch zu fassen kriegte und an sich zog, mit der er schwebte, tanzte durch die grünlich grauen Fetzen, die der Himmel war zu jener Zeit, und bei jeder Hebung, jedem Sprung da hörte man sie trotz des Brüllens, Tobens jauchzen: hui.

Im Traume sabbern, säuseln wir, wie die Besagten, Vater, Mutter, Tochter, Sohn, hoch oben an der Tafel sitzen, wie sie mit schnellen Gabelstichen, *hui*, den Braten einzufangen suchen, wie ihnen der Sturm vom Kinn die braune Soße schleckt und ihnen die Servietten um den Hals, *hui*, als weiße Wimpel knattern und hören statt des Tischgesprächs im Traum ihr Kichern, Feixen, das mitgenommen wird und dann vergeht wie die Besagten, satt und selig.

Märchen

Das Monstrum kehrt heim mit blutigen Lefzen. Es hängt des Tages Beute, das Bündel mit fleischigen Knochen, den Sack mit Gedärm und Gekröse, auf die Haken am Eingang. Es äugt durch den Spalt ins Zimmer der Kleinen, die die Läufe werfen im Traum. Es schleicht leise hinein, um über die Schnauzen zu lecken. Mit einem Knurren begrüßt es, das Monstrum, die Frau in der Küche. Der sträubt sich am Rücken das helle Fell vor Erregung. Sie kauen, sie nagen am Schlegel, beraten, was gegen die Räude zu tun ist. Zum Dessert gibt es Mäuse. Der Abwasch mag warten, sie löschen das Licht. Nun herrscht im Bau alleine das Funkeln, das gelbe Lodern der geschlitzten Augen der Monstren.

Die Ruhe der rechten Hand

Die rechte Hand greift ein, greift ihm, greift ihr, greift mir ans Bein, und bringt zu Fall, was lief. Sie legt sich auf den Zappelnden, sie fängt beim Schenkel an, dem zuckenden, und fällt das Bäumen. Sie streicht über den anderen und bringt ihn zum Erliegen. Den Leib, den unteren, in dem es kocht, kühlt sie, der Brust, in der es unablässig pocht, zählt sie ein Schlaflied auf die Rippen. Sie fängt den Arm, den linken, der kratzt und faucht und um sich schlägt, und bettet ihn zur Ruh. Sie spreizt sich um die Schläfen und bringt den Kopf, den hin und her sich werfenden, zur Stille. Sie deckt die Lider zu, dass, was wild gekreiselt hat, nicht länger schaudern muss. Sie lindert zuletzt laute Lippen, klaubt Schaum sich aus den rissig Winkeln. Ein leises Zischen noch, die rechte flüstert, und Krampf und Kampf und alles endlich endet.

Wanderers Belustigung

Er trat auf die Schlange beim Gang durchs Gesumpf. Sie biss und, was erstaunlicher war, sie fraß, schlang sich hinauf bis zur Hüfte. Sie starb noch beim Fressen. Er lachte. Und ging fortan unstet auf seinem Bein und dem anderen Bein aus Schlange.

Er ging wankend einher, sah empor ins Gesumm. Das hatten die Wespen nicht gern. In die mürben Äpfel der Augen stachen sie ihn, starben und füllten die ausgelaufenen Höhlen. Er lachte. Und sah fortan sirrend, sah mit dem borstigen Blick der Wespen.

Er sah flirrend, witterte eher als er sah, das Gekrös. Er griff ins Dunkle dahinter, befühlte im Bau die Zähne, das Fell. Als er zurückzog, war sein Arm ein gestorbener Dachs. Er lachte. Und fortan war nichts mehr, war nur mehr das heisere Lachen vom Dachs.

Waldgang

Unsere wasserfesten Schuhe sanken in den Flor des Teppichs aus Nadeln und Moos, als wir den Weg verließen. Hier entlang, riet uns die Braune. Als wären es Streichhölzer, rieb sie die Finger an der Rinde, das Licht, das ein abgestandenes war, zu entzünden. Und jetzt da, rief sie und ließ auf Melchiors Frage, ob wir denn auch richtig seien, die Schöße flattern, dass uns schwindelig wurde.

Auf der Lichtung, zwischen den Schultern stand uns der Schweiß, wies die Braune mit einer Geste, wie sie zum Repertoire von Lehrerinnen gehört, auf den Käfig, der mannshoch in der Lärche hing. Drin saß ein Zeislein und besah sich im kleinen Spiegel die gelben Federn aus Polyamiden. Hört ihr, flüsterte Melchior, wie still es geworden ist. Wir waren zu müde für eine stimmige Antwort.

Im Fieberklee ließen wir drei uns dann nieder. Eine Rast wird uns gut tun, behauptete Melchior. Über uns funkelte der Nagel, der die Eichkatz droben am Ast hielt. Dem Kitz, das seine Nase uns entgegenreckte, schaute der Werg zum Hals heraus. Psst, machte die Braune und legte uns, einem nach dem anderen, den Schwefelfinger von ihren Lippen auf die bleischweren Lider.

An anderer Stelle

Es ist so leer geworden um mich her. Es dehnen sich die Räume, und was geblieben darin ist, hat Laken umgelegt. Der Staub, der tanzen müsste, steht. Mein Herz, das rasen müsste, steht. Es ist in Ordnung so. An anderer Stelle davon mehr.

Was mir entgegenkommt, wird unscheinbar. Die Dinge, Menschen, die, erst einmal aufgezogen, nichts anderes sind, sind durchsichtig geworden. Ich fass es nicht. Ich lass es nicht. Das wird schon noch. Heißt es. An anderer Stelle mehr davon.

Ich sehe durch geschlossne Lider. Aus meinen Ohren kräuselt sich der Rauch. Mir rinnt, was ich begreife, Spielzeug, Plunder, Kokosraspeln, durch abgenagte Finger. So muss es bleiben. Mehr davon an andrer Stelle. Mehr davon ein andermal.

Die Tage der Frösche

Als der Himmel seinen Wanst an der Kirchturmspitze schlitzte, ein sauberer Schnitt von Ost nach West, regnete es Eiter und, was viele nicht überraschte, Frösche mit zwei und mehr Köpfen.

Schon am ersten Tag stiegen manche der Beter auf die Kniebänke, um ihre Wildlederschuhe mit den dünnen Sohlen zu schützen. Später standen sie auf den Sitzen und ihr Murmeln wurde innig.

Am Tag drei mussten die Kinder auf die Schultern der Alten gehievt werden. Der Pfarrer erzählte von Dornen und Disteln, aber vor den Sinn seiner Rede war längst laut das Quaken getreten.

Irgendwann zerrten die Verstummten ihn von der Kanzel und im Wust seines goldbestickten Gewandes ging er unter. Irgendwann brach die Kanzel, barsten die bunten Fenster dieses Aquariums.

Am sechsten Tag gaben die besten der Schwimmer klein bei. Sie ließen sich treiben und dienten den Fröschen als Floß. Und siehe, wie gut das war. Doch niemand war da mehr, jenes zu sehen.

Mann aus Leder

Am Lichtschalter steht er. Er zeigt uns die Zähne. Dann knipst er sie aus. Dass wir im Nacken sie spüren und an den Härchen der Ohren. Über die Augen leckt seine Brennnesselzunge. Sein Grinsen fühlen wir knarzen. Es knarzt, wenn er über uns kommt. Gestern und immerfort. Er ist der Mann aus Leder.

Er spielt mit dem Messer. Er holt sich damit den Dreck aus den Nägeln. Er lässt es blitzen im Schein. Er lässt es verlöschen. In unseren Händen wird es erneuert. Er zieht die Linien nach. Er kerbt die Linien ein. Was uns die Arme hinabrinnt, dunstet nach Eisen. Es knarzt. Er ist der Mann aus Leder.

Vom Puder weiß ist sein Gesicht. Die falschen Wimpern flattern. Er findet im Dunkeln uns wieder. Er legt sich zurecht uns. Er deckt uns auf. Er schält uns ab. Er nagt an unseren Knochen. In uns hinein fährt das Knarzen. Es hallt in uns, es füllt uns aus. Speckig knarzt es. Er ist der Mann aus Leder.

Der rote, der blaue Salon

Leitern, wir legten Leitern an die Fassade und stemmten mit Eisen aus den Läden die Nägel. Die verrosteten Schlösser innen brachen wir auf, setzten zaudernd, Scherze machend, in die Zimmer unsere Schritte, überhörten das Stöhnen der Dielen, die wir erstmals betraten.

Wir hebelten die Fenster auf, bereiteten dem Tanz des Staubes ein Ende. Licht, rief einer von uns, Luft, rief einer. Wir zogen von den Möbelgespenstern die Laken und hielten in den Ecken Ausschau nach Schimmel, grünem, schwarzem, und wiesen den Spinnen die Tür.

Mit Farbe kehrten wir wieder. Wir polierten dieses, lackierten, wir polsterten auf, vieles warfen wir weg. An die Wände, die gemalten, hingen wir unsere Bilder und stellten unsere Musik etwas lauter. Wir nannten, was fertig war, Salon, den roten, den blauen, und lachten.

Nach und nach versickerte es. Zwischen den Ritzen der Dielen vielleicht. Einer von uns drehte die Musik ab, einer sagte, er hätte in einer Ecke, wo es schattig wurde, das Bein einer Spinne huschen gesehen. Wo wir saßen, wir saßen in letzter Zeit viel, blieben Kuhlen.

Irgendwann wurde es stickig. Irgendwann, so schien es, legte der Staub sich wie feine Laken auf uns. Wir nannten jenen Narr, der von der abgesperrten Tür sprach und von der Leiter an der Fassade. Dann hörten wir, wie jemand vor dem Fenster in Bretter zu nageln begann.

Das Flirren, das Beben

Es flirrt, was flirren nicht sollte, in der
Ferne die Berge, der Himmel darüber,
es flattern die Hügel davor, Wiesen und
Kühe, es taumeln daneben, denen das
Taumeln nicht zusteht, die Häuser und
in ihrer Mitte das Getürmte der Kirche.

Es zittert vor mir der Tisch, die Tasse,
der Teller darauf, Brot und Käse, der
Schimmel daran, wie sie beben, so wie
das Gesicht der Frau, die die meinige
vorgibt zu sein, zerfließt, ihre Augen,
ihr geöffneter Mund, sie wogen davon.

Es wankt, dass es eine Frage nur sein
kann von gleich auf sofort, bis es fällt,
alles, und eins das andere umreißt, das
Brot, der Tisch, der Berg, als aus dem
Stieben mich streifen Wörter der Frau,
solche von gestern, knittrig und feucht.

Es stöhnt von weit her, was wieder es
solle, dass Tisch und Teller ich werfe,
Käse und Brot, was mein Zucken und
Zappeln bedeute, was meine Pupillen
im Kreiseln zu sähen bekämen, wo es
endlich und alles so schön sei und gut.

Das Haar

Wie ihn gab es viele damals, als es
begann mit dem Moder, dem Dreck.

Er schreckte uns auf aus dem Schlaf,
den uns schimmliges Brot gewährte.

Wir hatten gerade so schön geträumt,
uns in grünblaue Flocken zu betten.

Er hielt uns, sanft aufeinandergelegt,
Daumen und Zeiger unter die Nasen.

Ein Haar, sagte er fuchtelnd, sagte es
voll Abscheu und zugleich beglückt.

Er hätte es, sagte er, aus der Suppe
gefischt, ob es die Möglichkeit wäre.

Wir sahen kein Haar, zu dünn war es
vielleicht, ließ uns einer bedenken.

Wir sahen uns an mit unseren kahlen
Köpfen ohne Wimpern und Brauen.

Er könne erahnen, meinte einer viel
später, was mit *Suppe* gemeint war.

Königin der Bienen

Sie trug ein Kleid aus Bienen, knielang und hochgeschlossen, als wir glaubten, dass es dergleichen längst nicht mehr gäbe, keine Frau dieser Art mehr, breithüftig, vollbrüstig, kraftschöpfig, und schon gar keine Bienen.

Aus der Provinz, behaupteten jene, wo der See früher war, wo es versengt ist und hart ist, verseucht ist, sei sie heruntergekommen. Ein anderer sagte *Ach was* und dass sie nichts sei als die missratene Tochter des Bäckers.

Einer sagte, so seht doch, sie weint, die Frau mit den Bienen, doch was ihr rann aus den Winkeln der Augen, war Seim, und aus ihren Ohren tropfte der Seim. Die Hunde, die daran leckten, sprangen jämmerlich jaulend davon.

Dann, so erzählten es jene, habe sie, die all die Zeit nichts gegessen, als was die Bienen ihr brachten, von der nichts zu hören gewesen war all die Zeit außer Gesumm, sich erhoben, sei geschwebt starren Leibs höher und höher.

Bis die Bienen mit einem Mal sie verließen, dass, wo die Frau gerade noch war, nun nichts mehr war als der schmutzige Himmel. Sagten es, und ihr nach oben gerichteter Blick zeigte das weißeste, das einzige Weiß unserer Tage.

Auszug, Abgang

Nichts nahm er mit, als er fortging, aufstand, wo er zu lange gesessen war, hinausging und fortging, als einen Koffer voll Spinnen, nur den nahm er mit, als er fortging, weil, wie er sagte, er sagte es nicht, er dachte es nur, es war schon zu spät, um etwas zu sagen, alles zu Sand wird, das sah er kommen, und alles, was Sand ist, zerbröckelt, zerbröselt, das sah er kommen, dem ging er entgegen, als er auf und davon ging, in der Ferne verging, er mit dem Koffer, als wäre er Sand, der zerbröselt.

Er hatte, so hieß es, als er aufgestanden war, wo er gesessen war lange, den Koffer geholt vom Schrank, hatte ihn aufschnappen lassen, den Koffer, den Deckel des Koffers, ein alter Koffer mit schimmligen Flecken, ein uralter Koffer, hatte *Kommt* geflüstert, er, vielleicht auch der Koffer, wer weiß, und schon waren Spinnen gekrochen mit stelzigen Beinen, mit gedunsenen Bäuchen, aus Ecken, von überall her, bis er voll war, bis oben gefüllt war mit Spinnen, mit zähem Gefäd, der uralte Koffer.

Wie proper das Haus war, als er fort war, er und in den Ecken die Spinnen, wie blank und proper das Haus war, nicht einmal, wo er so lange gesessen war, hatte es Abrieb gegeben, so blank war das Haus, nicht einmal auf dem Schrank war Staub mehr geblieben, so blank war das Haus, als er fort war, und der Hall in den Räumen war rein wie das Haus und von keinem Netz mehr behindert, wie gestrahlt war das Haus, als er fort war, schon bevor der Sand kam und nahm, was das Haus war.

Die Gehetzten

Es fällt nicht leicht, jene, die hetzen, an unserem Haus vorüber, mit roten Gesichtern manche, an uns vorbei, manche vor Anstrengung bleich, zu verstehen, wenn sie, zwischen Jammern, Japsen, dem Keuchen Silben spucken, Endungen lallen.

Sturm, so meint unsereiner vernommen zu haben, ein anderer, sagt er, habe *Feuer* gehört, und ein weiterer *Flut*. Wir rufen *Mal halblang* und laden jene, die hetzen, ein zu Kaffee und zu Broten mit Wurst, wir rufen *Schön langsam*, wir rufen *Hallo*.

Aber keiner von denen, die hetzen, wendet auch nur den Kopf. Sie zerren Karren hinter sich her, schieben Kinderwägen, mit Kissen gefüllt, mit Löffeln und Töpfen. Sie hetzen nach dort, und manche sind unterwegs in die andere Richtung.

Uns zucken die Schultern, wir sagen *Nein, so was*. Es ist Zeit für Kaffee und für Brote. Wir wollen hinein. Da fällt einem auf, dass ein anderer fehlt. Wir entdecken ihn hinten, unweit der Hügel, wie er nun hetzt, mit überquellenden Taschen beladen.

Dass das, wollen wir sagen, ungeheuerlich und zu fassen nicht sei, da nimmt von der Wand sich einer das Bild, das schwere, das den Großvater zeigt mit Hund auf der Jagd, und, kaum kann er es greifen, schon hetzt er davon, den anderen nach.

Was bleibt uns nun übrig, als zusammenzuraffen in Eile, hastig zu packen unseren Rucksack mit Löffeln und Töpfen und Tüchern. Wir haben die Zeit nicht, einander die Hände zu schütteln. Wir hetzen den Hügeln entgegen, andere anderswohin.

Der Anfang, das Ende

Mit eines Mannes Gähnen, so steht es geschrieben, fing es an. Und dass, was in den Schächten unter den Gewölben geschlafen hatte, in ihn einflog, ohne die aufgerissenen Lippen zu berühren, den Zungengrund, den Gaumenbogen, wie magisch angezogen in ihn einging.

Und dass, umspült von Säure, die sich die Augen, die zahllosen, die nutzlos gewordenen, nahm, der Leib sich blähte. Dass dies, was Fühler war, was Flügel war und Bein, fortan geschwollen war, ein Leib, in dem es pochte, pulste, in dem es unruhig träumte tausendfach.

Und dass, als Zeit, als es so weit war, als nichts anderes mehr denkbar blieb als sinken, liegen, schlafen, es platzte. Dass es zu schwärmen begann in der Höhle aus Fleisch, zu wimmeln, und dass, was schwärmte, fressen wollte und mit Heißhunger zu fressen begann.

Und dass der Mann, von dem es heißt, er sei der erste gewesen, der kaum die Kraft noch hatte, den schweren Kopf zu heben, seinen Mund noch einmal aufriss, weil der Bauch, sein Bauch sich auftat. Und dass, was schwärmte in die müde Welt hinein, das Ende war.

II.
gehen

Gehen

Du hältst den Schuh, deinen rechten, mir vor das Gesicht. Schau, sagst du, mehr nicht. Und zeigst mir das Loch an der Ferse. Und dass die Sohle, die ihr Profil schon lange verloren hat, sich jetzt auch noch löst. Der gute Schuh, sage ich. Aber was, sage ich, darf man erwarten?

Wie weit wir heute gekommen sind, antworte ich später deinem Hinken. Aber schau, sagst du nur und deutest unendlich müde zum Felsen, hinter dem ein Rad ohne Räder liegt. Schau, sagst du jetzt und meinst die drei Bäume, die nicht mehr als drei verkohlte Stämme sind.

Ich erkenne sie wieder, die Bäume, das Rad. Vor einer Woche womöglich haben wir sie passiert. Vielleicht vor zehn Tagen. Die Zeit hat aufgehört, ihre Rolle zu spielen. Was darf man erwarten, sage ich, als wir am Aas, das keinen Hund mehr interessiert, erneut vorübergehen.

Wie wir

Die wir trafen, wisst ihr noch, am Fuße des Feengebirges waren wie wir. Fahl wie wir, schorfig wie wir. Sie taumelten, trudelten wie wir, und einer hielt eine Karte, die der unseren glich. Er zeigte uns die Kreise, die wir kannten und in die eingeschrieben war *Feengebirge*. Dann schaute er nach links, nach rechts, nach vorne, hinten und deutete in den Sand, der bis zum Horizont reichte.

Ein anderer, erinnert ihr euch, nahm sich die Karte und wies auf den blauen Faden, neben dem *Schlangenfluss* stand. Offenbar wollte er sagen, dass sie von dort kämen, dass sie dort waren, wo es nichts gab als Steine und Staub. Seine Worte waren uns fremd, aber genau wussten wir, wovon er gesprochen, weil wir dort waren, wo es glitzernd sein sollte vor silbernen Fischen.

Dann, war es nicht so, griff sich ein Alter mit tiefen Falten zwischen den Augen die Karte, als wollte er sie in Stücke zerreißen. Er schob die Kapuze zurück, ihm fehlten die Ohren. Mit unreinen Fingern fuhr er die Buchstaben von *Goldküste* nach und bedeutete uns, sie müssten nun weiter, sie müssten nun los. Später brachen auch wir auf, nach Westen in Richtung des Meeres.

Glänzende Schuhe

Gehüpft wie gesprungen, sagen die Spötter und finden kaum mehr die Kraft, die Zähne zu zeigen. Wir mühen uns durch den Staub des spitzen Gesteins. Wir waten, wir wühlen im Schlamm. Wir stapfen durch Harsch, wir staksen durchs Dornengestrüpp. Und haben im Kopf nur das Bild der glänzenden Schuhe.

Rar, die gespreizte Hand recken die Spötter gen Himmel, ist bei uns einer mit all seinen Zehen. Wir haben Beulen dafür, Geschwüre. Wer noch Stiefel besitzt, vernäht täglich die Löcher. Die anderen schnüren mit Därmen von Katzen sich Stroh unter die Sohlen. Und lobpreisen dabei seine glänzenden Schuhe.

Hampelmann nannten die Spötter ihn, als er nächtens erschien. Wir saßen ums Feuer, wir kauten auf Rinden. Um den Hals trug er ein Wiesel. Aus seinem Grätenmantel züngelten knotige Knöchel, bläuliche Adern. Dunkles Gewölk war über uns. Aber das Funkeln der Sterne war in seinen glänzenden Schuhen.

In den Blähbäuchen der Spötter rumorte es, als er Sandkrapfen holte und Blaumilch aus seinem Beutel. Ein Raubtiergebiss sah, wer aufsah vom Schmatzen. Wer kauerte, kaute, sah unsere abgefressenen Nasen und Ohren, sah durch unsere Wangen die Kiefern sich spiegeln in seinen pechglänzenden Schuhen.

Der Geflickte

Fürs Protokoll: Ich bin nur der mit der Ahle. Ich lutsche die Lunte, ich zwirble den Zwirn. Um mit groben Stichen zu schließen, was mir auf den Tisch kommt. Jene, die aufgebrochen, ausgenommen worden sind anderenorts, versehe ich mit der Ypsilonnaht. Was würdig sein mag, aber eine große Sache nicht ist.

Was eine große Sache nie war, bis bei dem einen, dem Harschhäutigen, dem mit den Wimpern aus Schloßen, dem mit dem deckweißen Haar, in dessen Kavernen unter dem Rippengewölbe ich zum Spaß noch hineingerufen hatte, aus denen mein Rufen zurückgehallt war, sich tat, was ein Geflickter nie tat.

Was ein Gehöhlter zu unterlassen hat nämlich, ist, seine Augen zu rollen in den weiten Höhlen unter den brüchigen Lidern, mit den Schenkeln zu zucken, mit den Knöcheln den Takt zu klopfen auf meinem Tisch. Nun gut, dachte ich, von der Hitze müde und mürbe, tanz deinen Tanz und hab dein Vergnügen.

Was aber zu weit ging, selbst einem wie mir, war, als der Ausgelöffelte sich zu bäumen begann, als links und rechts, wo ich geschneidert, Fäuste, klein wie von Kindern, von innen sich stemmten, als ein Gesichtchen, knöchern und spitz, sich gegen die Bauchdecke drückte, um durch-, hervorzustoßen jeden Moment.

Was mitanzusehen ich widerstand, den Mund in diesem neuen Gesicht, seinen Schrei mitanzuhören ich widerstand und, vollkommen kopflos, nach oben stürzte stattdessen, nach draußen, hinein in die Hitze, durch die ich lief und lief, vierzig Tage vielleicht, vierzig Nächte, ich weiß nicht mehr, ich bin nur der mit der Ahle.

Das Kinderbeet in Ried oder Röd oder Öd

Wir kamen, an den verbrannten Feldern
vorbei, den Stümpfen des Waldes, nach
Ried oder Röd oder Öd, auf den Fetzen
der Karte war kein Verlass. Wir gingen
durch Zeilen, wie oft schon in einem Öd
oder Röd, verlassen, verwittert, verweht.

Wir stöberten nach Senkeln und Zwirn
in den Ecken, nach geschliffenem Glas.
Wir drehten an quietschenden Hähnen
aus alter Gewohnheit. Wir prüften zum
Trotz hinter blinden Scheiben die Sicht,
malten wie stets ein Kreuz in den Grus.

An der gefallenen Zwiebel machten wir
Halt. Zu heiß, sie zu fassen, waren die
Scherben der Glocke. Beim Stochern im
Schutt kamen die Noten zum Vorschein,
Wörter darunter wie *Sanctus* und *Gloria*
und *Kyrie* und Unverständliches mehr.

Im Haufen daneben fanden sich andere
Papiere. Wir wischten sie sauber, bliesen
sie frei. Wir zeigten einander den Kreis,
einen blauen, *Ball* stand daneben, einen
grünen, *Apfel* benannt, einen mit Augen
und Stroh an den Seiten, betitelt mit *Ich*.

Keiner von uns konnte sagen, was damit
gemeint war, keiner hatte Kraft, sich am
Sinn zu versuchen. Wir gaben die Blätter
dem Wind und zogen weiter nach Ried
oder Röd oder Öd. Im Gehen murmelte
einer bisweilen *Ball* oder *Ich* oder *Apfel*.

An den Rändern Getier

Er sehe, so hieß es, das habe er einem der Schalen, so hieß es, als alle schon schliefen, gesagt im Vertrauen, an den Rändern Getier, seit Tagen bereits und zunehmend deutlich, sehe es kreuchen und wuseln, sich ringelnde Schwänze, von Schnauzen, den spitzen, den roten, das zitternde, witternde Haar, von den Krallen, den spitzen, im Huschen den hornigen Schwarzlack, für einen Teil der Sekunde den Weißblitz der Zähne.

Er habe gesagt, als alle schon schliefen, er könne nicht sagen, ob was er da sehe, zunehmend deutlich, Getier, sich dort bei den Hügeln abspiele oder an seinen Brauen und Lidern, ob an den Rändern das rote Gerinne zur Sonne gehöre oder von Stirne und Schläfe, den seinen, ins Auge ihm rinne, so hieß es von jenem, der als Erster verschwand, dessen Lager verwaist war, umkreist war von Spuren wie Krallen und Schwänze sie machen.

Nimmerkopf

Ein anderer beklagte seit Tagen die
Schmerzen im Kopf, keine der Art
den Schädel zu sprengen, als zwinge
vielmehr etwas tiefst drinnen Bein,
Hirn, Gefäße, den Liquor zusammen.

Er meinte, ihm schrumpfe der Kopf,
seit Tagen bereits könne er fühlen,
fahre er sich über die Stoppeln, das
Kinn, die Bögen der Augen, mit den
rissigen Fingern das Wenigerwerden.

Er sei nicht richtig im Kopf, war die
Rede seit Tagen, solle marschieren,
weiter, voran, dann löse, entspanne,
was krampfe sich, von alleine, dann
kämen tiefst drinnen neue Gedanken.

Dann sahen es alle, mehr und mehr
und seit Tagen, wie, was vorstand
vom Kopf nach innen sich stülpte,
wie einwuchs die Stirn, die Wangen
sich dellten, die Kiefer sich tilgten.

Wir zogen seit Tagen am Seil hinter
uns her ihn, der nichts hörte und sah,
mit dem Kopf, klein wie ein Kiesel,
pochten abends mit rissigen Fingern
dagegen, voll Scheu, ohne Ergebnis.

Wir packten nach Tagen ihn bei der
Schulter, bevor wir ihn kappten, wir
riefen hinunter, hinab, wo der Kopf
war, hinein in den Schacht, bekamen
nicht einmal ein Echo zur Antwort.

Pleuston

In Verkennung rief einer, wir standen erhöht und sahen, wer sehen noch konnte und wollte mit roten, vom immerwährenden Sand, dem ewigen, entzündeten Augen, hinunter auf die körnige Dünung, das Meer, rief er, den Arm streckte er weisend, im Verlangen vielleicht, ehe er lief, hinunter, die Fetzen sich riss vom Leib, vom Kopf das löchrige Tuch, kopfüber sich stürzte mit offenem Mund, nicht warten mehr könnend, erwartend, die Arme gebreitet, in den Ewigen, Einen, der eindrang, schabend und scharrend, in ihn, in Augen und Nase und Ohren, blutig rot allesamt, in die Welle, unter die Welle ihn riss, ihn ausspie und treiben ihn ließ, in Fetzen gerissen, auf immerwährendem Sand. Wir ließen ihn treiben, wir hatten nicht einmal ein Zucken mehr übrig, wir hatten zu viele verloren, wir zurrten fester die löchrigen Tücher um Nase und Mund, gingen am Ufer, wir nannten es Ufer, entlang, immer weiter.

Spiel mit dem Feuer

Manchem von uns reichte sie gerade bis an die Hüfte, die, die wir, wenn wir über sie sprachen, später, wenn wir überhaupt einmal sprachen, das Mädchen nannten, die mit den listigen Augen, die wir zum ersten Mal trafen, als wir ins Lager der Wucherer kamen, von denen vielerorts wir hörten, schaut ihnen, sprecht ihr sie an, ja nicht auf die Beulen, oder besser: sprecht nicht mit ihnen, oder besser: lasst Gebirge sein zwischen ihnen und euch.

Sie kauerte abseits, das Mädchen, saß bei den Ziegen, und keiner von uns, weil es dämmrig schon war, dunkel dann wurde, wäre wohl aufmerksam auf sie geworden, hätten nicht, begleitet vom Meckern der Tiere, Flämmchen zu tanzen begonnen, was die Wucherer, die dabei waren, ihre Preise zu nennen, verstummen ließ, als wäre, was längst vergessen war, hinter ihre Augen getrieben worden mit Wucht und mit kreischendem, fräsendem Eifer.

Nun sahen wir hin zu dem Mädchen, dem zarten, und sahen, dass die gelben, die lispelnden Zungen ihr aus den Spitzen der Finger traten, und manche von ihnen schickte sie in die Nacht, die sternenlos war, wo sie vergingen, nicht ohne aber ein Licht, ein grelles, auf die entstellten Gesichter der Wucherer zu werfen, die eilig rafften, was sie das ihrige nannten, und wortlos verschwanden in die Hügel aus Kupfer und Blei hinter den Ställen.

Fortan hörten wir immer wieder von ihr, die das Mädchen wir nannten, dass sie lodernde Kugeln wälzen ließ durch die Täler, dass, wo sie wandelte, nichts als Schlacke blieb und vom Schreien nur das Rieseln, wenn, was war, was Asche geworden, in sich zusammenfiel, bis es irgendwann hieß, sie selbst habe Feuer gefangen, emporgestiegen sei sie und wie eine Fackel verglüht lichterloh, aber das, glauben wir, war nichts als Gerede.

Nach Ende der Vorstellung

Er stöberte nach Hartgekochtem, Eingemachtem in Ruinen, als unter Abbau und Gebälk am Fuße der geschmolznen Treppe, hinter der besternten Tür er stieß auf einen Eichentisch mit großem Spiegel, gesprungen und von geplatzten Birnen eingerahmt, mit Tuben, Tiegeln, mit Pinsel und einer Eierschalendose, gefüllt mit heller Paste.

Er wusste nicht, was seine Hände taten, die ihm die Röte von den Wangen wischten, die vom Lid die Wimpern zogen und mit den Wimpern auch das Lid, die ihm die Stirnhaut lösten und die Haare, als wären sie nicht staubig, sondern falsch, ihm nahmen, fallen ließen, die Lippen, die rissig waren, wortlos nahmen, fallen ließen.

Er sah mit neuen, den geschlitzten Augen die alten zwischen Unrat, im Dreck was seine Nase war und Ohren liegen, er sah im Spiegel, dem gesprungenen, die spitze Schnauze, sah weißes Zahnfleisch und die vielen Zähne, und aus dem Schutt wand sich ein Hecheln, Heulen, seines, die Treppe hoch, geduckt hinauf in die Ruinen.

Erinnerung an unser Versinken

Mit einem Mal rann uns das Blut, uns, die wir gingen, nicht Einzelnen von uns, uns allen, nicht einem nach dem anderen, uns allen mit einem Mal, aus den Nasen, das Blut, dass jener, der uns anführte, der an jenem Tag uns vorneweg ging, an dessen Schößen wir uns geklammert hatten, die Hand hob, uns halten zu lassen, weil uns das Blut lief über die Lippen, die Kinne hinunter, in den Morast floss unser Blut.

Er hieß, obwohl es die Zeit nicht war für die Rast, was wir, die wir gingen, die wir all die Zeit gingen, nur allzu gut wussten, hieß uns in die Nacken die Köpfe zu legen, und abermals hob er die Hand, zu stillen, was floss, wir schmeckten das Eisen des Bluts, wir sahen, wir taten dies erstmals, hinauf zu den Wipfeln, die in den Himmel ritzten, sahen die Vögel darin, reglose, in den Wipfeln von uns nie gesehene Vögel.

Nur unser Blut, weiter floss es, wir waren erstarrt, und manche von uns ließen sich sinken in den Morast, es strömte, das Blut, uns die Kehlen hinunter, dass jener, selbst er, die Hand sinken ließ, derweil bei den Vögeln, den reglosen, oben, manche von uns sahen es kommen, Kapseln aufplatzten, ein Nieseln von Samen begann, ein Nieseln sich senkte auf uns, die wir lagen, obwohl es die Zeit noch nicht war für das Liegen.

Der Gürtel

Unsere Male leuchten. Manche behaupten, solche, die zur Seite blicken, wenn sie uns begegnen, die zu tuscheln beginnen, wenn sie uns außer Hörweite glauben, sie könnten sie sehen unter Hemd und Hose und Schal.

An ihnen erkennen wir uns, wenn aus Zinn die Luft ist und wir einander treffen am Fuß des Gerölls. Wir halten uns bei den Händen, aber wagen aus Scham es nicht, uns in die Augen zu sehen. Weil unsere Male leuchten.

Wir waren noch Kinder, und keines von uns wusste, was er meinte, der Sorger, wenn vom *Nashorn* er sprach und dass dessen Haut die härteste sei. Dass sie sich wachsen zu lassen, zischte der Sorger, unser Hunger sein müsse.

Er hakte, wenn er sprach, in den Gürtel die Daumen. Sein nachtschwarzer Gürtel, der glänzte, als wäre es möglich, sich darin zu spiegeln, mit der Schließe, die blitzte wie einst die Sterne allein, hielt alles zusammen.

Er befahl uns ins Zelt, das große, das seine. Er gab uns zu essen das Brom. Wir hörten sein ledernes Zischen. Wir hörten, wenn er den Gürtel aus Nashornhaut mit einem Ruck aus den Schlaufen zog, das lederne Zischen.

Wir sahen die Bahnen des Zeltes sich blähen im Sturm, als fiele das Atmen beschwerlich. Seine Adern am Arm traten wie Schlangen hervor. Es zischte wieder der Gürtel, wieder blitzte die Schließe. Wir kauten das Brom.

In uns ein fuhr sengend der Blitz. Wir sahen das Zelt sich blähen und wieder erschlaffen. Es zischte der Gürtel. Und zischend befahl er uns, den Mund geschlossen zu halten. Er war ja der Sorger. Wir waren noch Kinder.

Später, viel später, die unsrigen waren seit langem ans Ende gekommen und jener, der der Sorger gewesen, war vergessen in einem windigen Zelt, spukten im Dämmer wir am Geröll hin mit nachtschwarzen Gesichtern.

Wir meinten, das Brom zu schmecken, wir meinten, das Zischen zu hören, als einer ein Licht entfachte, als wir ihn entdeckten, der nur ein Bündel aus Fetzen noch war, vom Gürtel im letzten Loch zusammengehalten.

Wir zogen den Gürtel aus Nashornhaut aus den Schlaufen. Wir waren die Kinder von damals nicht mehr. Wir sahen unbewegt zu, wie er langsam zerging zu einem schlierigen Brei mit dünnem Haar und wenigen Zähnen.

Der Wolfsmann

Der uns folgt in sicherem Abstand, sicher vor den Stöcken und Steinen, vor unserem Schimpf, vor unserem Auswurf, wir hören ihn heulen in mondlosen Nächten, keuchen, sein Schmatzen manchmal, ist der, den jene, die flüstern, die raunen, ihm begegnet zu sein Auge in Auge, den Wolfsmann nennen in mondlosen Nächten.

Dieser sei einst, vor Jahren inzwischen, so ihr Flüstern, ihr Raunen, der Bestie begegnet, der großen, und nur deren fiebrige Augen hätten geleuchtet in mondloser Nacht, als die Bestie ihn anfiel offenen Maules und er nur dastand mit offenem Mund und, das Wunder, in einem Satz, einem Biss die große Bestie verschlang.

Seither seien ihm Borsten auf den Rücken der Hände gesprossen und zusammengewachsen seien die Brauen ihm und auf die Stimme hätte sich Schmirgel gelegt, und in den mondlosen Nächten, so wird geflüstert, geraunt, müsse er immerzu wittern, stöbern der eisernen Süße des Blutes, der fauligen Süße des Aas hinterher.

Was in mir keimt, das Flüstern, das Raunen, in mir ausgreift, lässt mich nach gelben Fackeln Ausschau halten in mondlosen Nächten, lässt die Verbände mich lösen an den schwärenden Stellen und mit einer Scherbe die Stirne mir ritzen, dass es warm und süß hinabrinnt an mir, der ich liege ganz ruhig in mondlosen Nächten.

Zünder

Wir hatten, damals, vor Wochen, das Flämmchen gesehen, hochspringend in der Dämmerung und gleich darauf wieder verlöschend, hatten gestritten, müde und matt, wie sinnvoll es wäre, mit der Verteilung der Ration noch zu warten, um dem Flackernden dort in der Ferne näherzukommen, und taten es schließlich, manche zwar murrend.

Und hatten ihn schließlich getroffen, dem Wind ausgesetzt, auf der harten Erde, der geschwärzten, ungeschützt sitzend, wie das Feuerzeug in seiner Rechten und das Gefunkel danach er hatte aufschnappen lassen, für einen Moment im Silber seine starren Züge gespiegelt, um dann mit dem Klacken das Dunkle erneut herbeizubefehlen.

Später, damals, vor Wochen, kamen wir zurück in die Gegend und fanden ihn inmitten der verkohlten Stümpfe noch immer dort kauernd mit vor Ruß geschwärztem Gesicht, vor dem einer von uns ohne Erfolg und Ergebnis zu fuchteln begann, während er nur, klick, klack, sein Feuerzeug, das seit langem erloschene, auf und zu schnappen ließ.

Clowns

Was das für Clowns sind, sagte einer, der Deuter.
Wir sahen am Arm, seinem gestreckten, entlang.

Wir sahen die beiden Figuren, die hintere wankend,
die andere schiebend, herunterkommen im Geröll.

Wir sahen sie stürzen, sich kugeln. Wir sahen die
Reifen des Stuhles des einen sich drehen wie irre.

Wir hörten sie raschelnde, rostige Laute ausstoßen.
Es war ihre Art zu kichern, mutmaßten wir später.

Wir sahen, vom Purzeln gelockt, dass, wo Wange,
Kinn und wo Mund war beim einen, gar nichts war.

Wir hörten auf unser Schrecken und Weichen, dass
plötzlich und einst ihm waren die Zähne gewachsen.

Wir hörten, so erzählte die hintere, sich rappelnde
es, sie knirschen, sich dehnen, sprengen den Kiefer.

Wir sahen, erst jetzt, im fleckigen Kopf des Sagers
die leeren, von Spinnenweben verhangenen Höhlen.

Wir sahen sie fortziehen, wankend und schiebend,
meinten, noch lange ihr rostiges Rascheln zu hören.

In Zungen reden

Es hieß, unter den Ohrenbläsern zumindest kursierte die Rede, dass der Besagte, es war der Besamte, der geschwebt haben soll, der vor Biestmilch getrieft haben soll, der Rahm gerotzt haben soll, ein anderes, ein heikleres Thema, sich auf die Zunge, im Staube des Bachbetts, an Mutterbergs Osthang, knapp unter dem Gipfel, wo immer, kürzlich, erst neulich, damals, wann immer, gebissen habe, die Zunge, seine, gekaut habe, geschluckt, verschluckt habe die Zunge, sie streckten ihre heraus und stammelten matt: die Zunge.

Es hieß, die Bläser zumindest, bla, bla, die Bläser, versicherten selbiges, dass sodann, kaum hatte Besagter sein Würgen beendet, er das Hemd, was vom Hemd geblieben war, aufgeknöpft, sein Drunterhemd hochgerollt habe, die Decke des Bauches hinabgerollt, die Bögen der Rippen, *Tabernakel* raunten sie, aufgespreizt habe, und zum Vorschein die Zunge, die geschluckte, verschluckte, gekommen sei, rosig, frei von jedem Belag, und sogleich begonnen habe zu sprechen, was, ist ein anderes, ein heikleres Thema.

Unsere Andacht

Wir füllen Kassiber mit jenem, wovon wir
sprechen im Schlaf, wenn unsere Augäpfel
kreiseln unter den Lidern und über Leeres
wir streicheln mit schwieligen Fingern und
mit unversehrten Beinen tanzen im Schlaf.

Einer schreibt vom schweißfeuchten Film,
der über dem Flaum einer Kniekehle liegt,
ein anderer vom Recken sommers, von den
Backen, die dick sind, von den Fingern, die
rot sind vom süßen Saft glühender Kirschen.

Einer schreibt vom Wind, kein beißender,
schneidender, wie er spielt mit einer in die
Stirn hängenden Locke, derweil noch einer
schreibt vom Haar, dem alles deckenden,
duftenden, als wäre es mehr als ein Trug.

Einer schreibt von Wolken, schwerelos, im
Blau durchdrungen vom Licht, von Kissen
auf dem Sofa, in denen als Kind er gebettet
war, zu lindern sein Weh, schreibt er, und
vom Nachhausekommen schreibt ein Letzter.

Wir hängen unsere Botschaften in die toten
Äste hinauf, lassen sie steigen, vertrauend
dem Sturm, sie treiben, gut verkorkt, mit
der sauren Brühe hinab in die Gegend der
Senger, hoffend, dass, harrend und hoffend.

Wir erkennen wieder, was wir geschrieben,
als wir dem Doktor begegnen, erkennen es
wieder, auch wenn die Schrift, die unsrige,
blass ist und Flecken und Löcher manche
unserer Wörter verhindern, kein Zweifel.

Wir sehen ihn sitzen, breit sitzen, vor den Tiegeln und Tassen mit seinen Tonika und Tinkturen, neben sich einen Esel, kauend, breit kauend, eingeschlagen in unser stilles Gebet, ein mit Schmalz bestrichenes Brot.

Wir fassen nicht, dass Brot und Esel und Schmalz noch sein darf, einer den fettigen Mund mit unserer Andacht sich wischt, wir machen ihn kürzer im Schlaf, essen ihn, das Brot, seinen Esel, wir können nicht anders.

Zwischen Schlacke und Schlick

Die Zerlumpten, was nicht heißt, dass unsereiner zu jener Zeit besser aussah, kamen aus der Gegend der Schlacke. Drei von ihnen, später mehr, standen zwischen uns und dem Fadenschein. Aus ihren Kutten kramten sie Bildchen, krähten, ob wir von ihm wüssten, nicht imstande wären zu sagen, wo er geblieben sei. Ein Wischen, das früher gewirkt hatte gegen die Gnitzen, gelang. Und nebenher faselte einer, wir hätten den Namen niemals gehört.

Was die Zerlumpten nicht abhielt, unseren Kot zu beschauen. Sie beschnüffelten Rillen im Stein und zeigten hinauf, in den senfgelben Himmel hinein. Wir kauten auf Käfern, wenn wir nicht schliefen. Wenn wir erwachten, hatten wir oft und ganz nah ihre vagantenhäutigen Kehlen vor Augen, die mit Blut unterlaufenen Geschwülste daran, weil sie in unseren Ohren suchten. Dann strampelten wir und kreischten, wir hätten den Namen niemals gehört.

Die Zerlumpten, sagte mit schwerer Zunge einer von uns, erinnerten ihn, an die Hunde von früher. So treu, so dumm, sagte er, so beharrlich. Einige von uns mussten kichern, andere kauten weiter. Dann schliefen wir wieder. Wir waren so müde. Als wir erwachten, waren sie weitergezogen, in die Gegend des Schlicks, wie es hieß. Sollte dort nach uns jemand fragen, würden sie schnüffeln, behaupten, sie hätten die Namen niemals gehört.

Die Ankunft

Von weitem schon gesehen das Gehöft, noch ehe es zu sehen war, gesehen das Gehöft, hieß es doch seit Tagen schon, bald müsste es zu sehen sein, auf dem Hügel aus Bein, gleich, unter dem mit Sack verhangenen Himmel, seht es, seht.

So lange schon gehört das Brüllen, das Kühe mit prall gefülltem Euter brüllen, gehört, noch ehe was zu hören war unter dem Wind, seinem Knistern, gehört, wie sie spritzt, die Milch, in den Eimer aus Blech, die Milch, das Fett, hört es, hört.

Angekommen vielleicht, angekommen endlich, irgendwo, gehört kein Wiehern des Esels, gesehen nirgends ein Rind, auf den dorrenden Weiden, stattdessen ein Kind, mit Blähbauch und schorfiger Haut, großköpfig, glotzäugig, schreiend.

Daneben in dem, was Heu war, gestrig, die Frau, der lappte, was Brüste waren unterm blauen Überwurf, daneben der Mann mit hohlen Wangen, die alle, der Mann, die Frau, das Kind, was Arme waren, reckten, als gäb es Geschenke.

Stattdessen das Zischen unsererseits, *Geschmeiß*, das Wischen, *Gesocks*, das Suchen, gesehen den Sand, nichts sonst, im Eimer aus Blech, gehört das Jaulen nach Milch, unser eigenes, noch lange unterm mit Sack verhangenen Himmel.

Bangen, Harren

Das Pferd kam zurück. Nicht einmal damit hatten wir, waren wir ehrlich, gerechnet. In seiner Brust klaffte die Wunde. Aus seinen Nüstern sprühte das Blut. Sein Auge, sein riesiges, glasiges, jenes, das ihm geblieben war, starrte an uns vorbei, dass einer von uns zu kreischen begann, ob es nicht Zeit wäre, endlich, schließlich, gnädig zu sein.

Später saßen wir wieder. Kauerten inmitten der Stümpfe der Bäume mit den Resten der Weiser, der Muschel, der schwarzen Eins auf weißlichem Grund. Saßen, kauten das Fleisch, das zähe, des Pferdes, als mit dem Knochen einer von uns zeigte, stammelte, dort, hinter der grindigen Ebene, würde der Reiter jetzt, endlich, schließlich, verspeist.

Noch später lagen wir. Die Bäuche gebläht und kaum in der Lage, die schorfigen Köpfe, die schweren, zu heben, zu schielen über die mit gelbem Dunst verschleierte Fläche. Was einer von uns mit rissigen Lippen als unser Harren beschrieb, einer, kichernd, als Bangen. Was beides noch bliebe, wenn wir endlich, schließlich, Vergangenes wären.

Grundsätzliches

Uns faulen die Zehen herunter. Es splittern die Krücken. Es brechen am Wagen die Speichen. Die Liste war lang. Der Gewählte, er meinte, wir seien ermüdend. Er sagte, wir sollten versuchen zu schlafen. Zu lang war die Liste, um schlafen zu können. *Uns rieselt der Sand aus den Rippen.*

Wir müssten, sagten jene von uns, die sprechen noch konnten, Grundsätzliches klären. Wir sahen ihn an, den Gewählten. Der gewählt worden war, weil er den Kompass besaß, sein Sohn als Letzter die Uhr. Die Sterne strahlten wie nie. Was uns an Kraft geblieben noch war, floss in unseren Blick.

Der gestreckte Arm des Gewählten, wir kannten nichts besser. Seinen zeigenden Finger am Ende. Sein strebendes Kinn, seine Stirn, die sich gegen den Wind, den körnigen, stemmt. Er wies, wenn sich teilte der Weg. Wenn es den Weg nicht mehr gab. Er stemmte, bäumte sich, so kannten wir ihn.

Wie verdorrt er jetzt aber schien, der Gewählte. Wie klein mit einem Mal. Wir sahen es zittern unter den Lidern, den seinen. Sahen zucken die Winkel im Totlicht. Wir hörten sein Schlucken, so nah kamen wir. Wir fragten, selbst jene, die sprechen nicht konnten, wieso, wozu und wohin.

Wir legten an seine trockenen Lippen, was uns von Ohren geblieben. Wir zwangen auseinander die Kiefer. Zogen die Zunge hervor, zu prüfen sein Stammeln. Manchen war, als sagte er *nach*. Andere meinten, *noch* zu verstehen. Für manche war es Trotz, für andere nichts als ein Röcheln.

Wir können nicht anders

Unser Gang ist zugegebenermaßen komisch. Ich, der ich mich erinnern kann, warum, das ist ein Rätsel und wird ein Rätsel bleiben, ans munter Vorandrängen, ans zügig Gehen mit Ernsthaftigkeit, darf dies mit Fug behaupten.

Wir machen einen Schritt nach vorn und den danach zur Seite. Das Krumme, Schiefe folgt beinahe mit Zwangsläufigkeit. Wir ziehen das Vornebein, schleifend, wie die Spur im Sand beweist, sodann heran und damit auch zurück.

Aus Gewohnheit verzerrt sich dabei etwas im Gesicht, weil unsere Schenkel zudem zittern, man sollte meinen, an ihren Innenseiten seien es Abszesse, Schwären und Karbunkel, die uns im Schritt behindern (bei manchen ist es so).

Der Wind heult stramm. Wir müssen an uns halten, um nicht umzufallen. Weil wir nicht anders können, staksen wir, voran, so glauben wir, dabei läuft, wer uns die Richtung vorgibt, stets von neuem und nurmehr noch ins Leere.

Es muss, als wir aufbrachen einst, ich weiß es, ein Ziel gegeben haben. Es ist verweht. Es ist zerrieben worden. Das Torkeln, Trudeln ist geblieben. Es sieht zum Schreien spaßig aus, Tölpel unterwegs, doch keiner von uns lacht.

Mister Maus

Die Maus, wir nannten sie Mister, kniehoch,
armlang, warum auch immer, nagte am Licht,
dem einen, dem unsren, dem allen, biss sich
ein Stückchen heraus vom Buchstaben, dem
dritten, so schien es, dem dritten von vieren.

Er kaute, der Mister, schluckte und huschte
die Höhe aus Schutt hinauf und rief mit der
ihm eigenen piepsigen Stimme, seht ihr, seht
ihr mich leuchten von innen und dass, was
Bruch ist und Splitter, nun heil werde endlich.

Manche fragten, warum er, der Mister, seine
Äuglein verdrehe, was in ihn gefahren sein
mochte, andere, die Mehrheit, maulten, dass
es düsterer sei als zuvor. Abends saßen wir
feixend am Feuer und aßen gebratene Maus.

Einladung

Mit einem Lächeln, einem milden, so es denn eines war, sie entblößte die gelben Stummel dabei, trat sie heraus aus Asche, aus Schutt, die Gräfin, so nannte man sie, und, *Bitte schön, meine Damen und Herren, bitte*, lud uns ein zu Kaffee und Kuchen, *bitte, treten Sie näher.*

Wir stiegen die zerfallene Treppe hinauf und sahen, dass ihr Gesicht zur Hälfte, Auge, Nase, die Wange, ein fortgeschmirgeltes war, mit dem sie *Bitte* sagte und dass, *Wie schön es heute ist*, auf dem abgestürzten Balkon gedeckt sei und ihre Tochter, die Brave, uns sehnlich erwarte.

Wir saßen draußen auf Kohlen, und der Sturm wehte uns Sand auf die Teller aus Scherben. Sie nähmen, sagte die Gräfin, den Kaffee ohne alles, sie hoffe, *Bitte schön*, das wäre uns recht. Sie hielt den Henkel der Tasse und spitzte die Lippen, spreizte die Finger und sagte: Wie nett.

Wir hörten sie knirschen, die Gräfin, die sich das schüttere Haar aus der eingefallenen Stirn strich und ihre Tochter, sie sei eine gute Partie, wurde gemunkelt, bat, *Ach bitte*, für ihre Gäste, etwas zu singen, doch heulte nur wirbelnd der Wind um den leeren Platz am Ende der Tafel.

Der Alte vom Berg

Die Arme, kaum mehr als schludrig Bespanntes der beinernen Art, steil in die Höhe gestreckt, der Hände Flächen, das morsche Fingergestrüpp abgewinkelt, im Nacken lag reglos der grindig gescheckte Kopf, erklärte er, auf den das Los gefallen war, so ungefähr.

Er war, weil es Zeit dafür war, so hatten die Torkler entschieden, hinaufgestiegen, mit dem Aschekreuz auf der Stirn, mit dem Brei aus Kleie im Sack, mit unserer Ziege saurer Milch, an den blähenden Seen vorbei, über das im Fieber glimmende Geröll hinauf.

Vor die Höhle habe er unsere Gaben stellen wollen, deren Gestank weniger fürchtend als des Alten Blick, der ein weißer, ein reiner sein soll, den auszuhalten er sich nicht traute, von dem er fürchtete, versengt zu werden, weshalb er rückwärts kroch auf den vieren.

Als er es rascheln hörte, raspeln, rieseln, dass es zu spät sei fürs Bangen, für Kleie, für Milch, musste er aber schauen, trat hinein er, vernahm, irgendwo aus dem Alten scholl es, irgendwie, dass Bäume, in den Himmel gehakt, einst diesen gestützt und getragen.

Dergleichen erklärte er, wiedergekehrt, dass viele der unsrigen raunten, Bäume, fragten sie, Himmel, hatten Mühe, den Unsinn mit den Stummeln ihrer Zungen zu formen, bis die Torkler ein Ende befahlen und ihn, den Gelosten, zu häuten zum Trost und zur Mahnung.

Der zweite Mund

Mit einem Jucken, matt glimmend zuerst und ab und an, ein blassrosa schimmerndes, dann nachdrücklicher werdend und röter, röter dann, pochender, dann glühender, begann es, eines, wie keines noch war, ein Banner, blutgestrahlt und gallig besprengt, über den Leib gespannt, willkommen zu heißen, was aufreißen musste.

Unter dem letzten Bogen der Rippen riss, was aufzuhalten, auszuhalten nicht war, auf, stülpte die Furche sich ein, wölbte, was Lippen werden sollten einmal, schuppig hervor sich, spreizte in die Tiefe hinein sich der Schlund, aus dem ein sägender Laut, ein niemals gehörter, sich wühlte, triefend vor Schleim und vor Schmerz.

Dann war zu leugnen nutzlos, was unter dem Leinen, der Wolle später sorgsam, furchtsam verborgen wurde, ein Mund, mit einem Mal dieser, ein zweiter, glänzend vor Geifer, mit Zähnen bewehrt, blitzend und spitz, zwischen denen es zischte, züngelte, was zu zerreißen sich biete, zu beißen, verschlingen sich lohne.

Weit schwerer noch wog, was der zweite, der neue sprach, nach dem Grunzen sprach, dem Lallen, dem Stammeln, er sprach, einmal die Worte gefunden, die nagenden, höhlenden, am Tag und bei Nacht, immerzu, sprach gleißend und sengend und schmelzend, bis alles ein Ohr war und nichts anderes als zu hören mehr war.

Weiße Substanz, dunkle Materie

Wir kamen nach Tohu, vielleicht war
es ja Tohu, zerrüttet, verschüttet wie
alles, was vordem gefügt war, verfugt
war, was Wand und Dach war darüber.

Was längst, wie alles, was Wand war,
was Dach war, gewesen wäre, und das
nicht einmal, weil vergessen von allen,
die andres, die Brot und Soße erinnern,

hätten sie dort, wo Tohu gewesen sein
könnte, nicht die Leiche bewahrt des
Einen, *Tohu, Bleibe des Wahren* stand
es am Eingang des Ortes geschrieben.

Wir zahlten ein Säckchen Hirse, von
der Hundemilch ein Fläschchen als
Eintritt ins Wellblech, ins Sengende,
Siedende, von Mücken Umschwirrte.

Bleich lag der Eine, auf Kohlenkisten
gebahrt, doch nicht verblichen, dem
Nagen des Windes, dem Strahlen des
Sandes, so hieß es, bietend die Stirn.

Dahinter, so hieß es, so wurde geraunt
im Zwielicht, im Stickstoff der Hütte,
poche stetig, unhörbar, mächtig, die
weiße Substanz, die dunkle Materie.

Wir sahen Pilger mit Schaum vor dem
Mund, mit Blut in den Augen, sahen
Vetteln sich reiben die vertrockneten
Brüste, wir fassten den Einen am Zeh.

Wir wollten, mussten es wissen, wir
raubten den Wahren bei Neumond,
schleiften über Abraum, Schutt, über
Asche den Steifen aus Tohu hinaus.

Wir spähten mit Spiegeln ihm in Nase,
Ohren, den Schlackdarm, brachen ihn
auf mit dem Messer für Brot, spreizten
ihn auf mit unserem Löffel für Soße.

Manche trugen Brillen zum Schutz vor
dem Glanz, aber was wir auch trennten
und teilten, tief bohrten wir, tiefer, und
öffneten das Kleinste noch, Innerste,

wir fanden kein Leuchten, nichts von
der weißen Substanz, kein Schimmern
der dunklen Materie, nichts, was nicht
faul und fahl und vertraut war, nichts.

Wir löschten wortlos die Lampe, das
Feuer traten wir aus und zogen Decken
uns über die Köpfe. Was blieb von ihm
zu verscharren, hatte keiner noch Lust.

Illustrierte

Manche ziehen bisweilen Papier aus den Trümmern, zerfetztes, verkohltes, mit Buchstaben bedrucktes, die wir zu lesen verlernt haben, mit Bildern, bunten, bestücktes, die wir nächstens bei zittriger Flamme betrachten, um an anderes als den Hunger zu denken.

Manche, betört vom Dunst aus den Rohren, winden sich nächstens bei zittriger Flamme auf ihren Lagern aus Kieseln, die Bilder vorm Auge, und krächzen und krähen, knurren und kollern bisweilen aus löchriger Kehle, was dieser Tage genügen muss als ein Lachen.

Manche recken bisweilen nächstens die Bilder hoch in den Schein der zittrigen Flamme, halten uns mit dem, was von den Fingern geblieben ist, die Bilder entgegen, lallen *Schaut!* mit dem Rest ihrer Zungen, *Schaut doch!*, uns hinein in die abgefressenen Ohren.

Manche rütteln uns dann, ziehen bisweilen am Ärmel uns, wenn es Ärmel noch gibt und Arme darunter, spucken nächstens hinein in die zittrige Flamme und rufen *Zwei Ohren, zwei Augen*, rufen *Zwei Beine, ein Anzug, ein Kleid*, rufen *Wie abgrundtief hässlich!*

Der Mann, der Mond, der See

Ich traf den Mann aus zwei Rücken am Grunde des staubigen Sees. Ich war unterwegs auf der Suche nach Bilsen, was ohne des Mondes Hilfe mehr als ein Tapern kaum war. Er saß auf der Reling der *Nacht*, so war das Bötchen getauft, und ließ beide Beine baumeln. Seine Handflächen leuchteten, so glaubte ich, für einen wie mich. Warum auch immer: Ich nannte ihn *Kamerad* und fragte, ob er sich noch daran erinnern könne, das letzte Mal geschlafen zu haben.

Ich meinte, die Senkel eines Kicherns zu hören, wie versteckte Kinder und Alte es kichern, wie es sickert durch die Finger der vorgehaltenen Hand. Ich berührte ihn an der Schulter. Ich nannte ihn, auf dass er sich wende zu mir, *Kamerad*. Doch als er es tat, sah ich, was das kalte Funkeln der Sterne mir zu sehen erlaubte, wieder nur einen Nacken und statt Augen und einer Stirn darüber nur wieder das behaarte Hintere eines Kopfes, und statt des Mundes sah ich nichts.

Nach Einfall der Dämmerung

Er, der herauswuchs, so jäh und mit Wucht,
aus dem Schatten der verkrüppelten Kiefer,
der letzten davon weit und breit, dass wir,
ohne Ausnahme alle, zusammenfuhren und
der Schweiß uns über den Brauen zur Kruste
gerann, ließ sich die Dämmerung einfallen,
tat es mit einem Schnippen der Finger, was
klang wie Knochen auf trockenem Knochen.

Er, im Halblicht der Habicht, kam über uns
und gab, ohne Ausnahme allen, Träume ein
vom schneeigen Rieseln, vom zuckrigen Tau
auf Melonen, an denen zu lutschen, lutschen,
zu lutschen alles und ohne Ende mehr war,
derweil er in aller Ruhe uns aufbrach, was
klang wie das Knacken von Reisig, in uns
eingriff, hineingriff, wühlte und ausnahm.

Er, der sich lässig die Fetzen der Vornacht
schlang um den Hals, packte in die Taschen
des Maultiers unser Gekröse, drehte danach
mit einem Schnippen die Sonne wieder auf
Anschlag, was klang wie das Schmoren von
Blei, und empfahl sich mit seiner Karte, die,
gleißend, so blendend, keiner von uns, ohne
Ausnahme keiner, zu entziffern vermochte.

Von innen nach außen

Wir sehen von außen hinein, durch die Wange hindurch, in die tropfsteinerne Höhle des Mundes, von außen in den gärenden, gasenden Beutel des Magens, sehen in die Kammern, die klammen, des Herzens hinein, in denen ein Echo, die Ahnung davon, sorgsam versickert.

Bisweilen wird später behauptet, von manchen, die später bestreiten, etwas davon wissen zu wollen, er habe die Arme gebreitet, und aus seinen Venen sei es geflossen golden und sprühend, als er sich erhoben habe, schwerelos schwebend auf die nördliche Sonne zu.

Andere, von denen es heißt, hinter der Hand, hinter den Schleiern, sie seien dabei gewesen, sollen bekannt haben, was keiner je zugibt, er sei gekrümmt gelegen im Dreck, habe die Zähne, die Därme, die violetten, gezeigt und sei endlich, allmählich verrottet wie Aas.

Wildes Fleisch

Der Professor, wir nennen ihn so, erst
spaßeshalber, dann war es Usus, noch
als er seine Brille verlor, meinte, man
müsste, für spätere Generationen, wir
lachten, dokumentieren, was an Arten
geworden, was geblieben ist von uns.

Da wären, er nun mit aufgepolsterter
Stimme, die Schlierigen, wir kennen
sie bestens, die zu greifen nicht sind,
die wabern, sich winden, die man sich
wischt aus den Augen, vom Arm, vom
Bein wischt immer wieder vergeblich.

Nicht zu verwechseln mit jenen, die
Ruß sind, nur Rauch sind und, wenn
man sie anbläst, vergehen. Es bleiben
dagegen, wahrscheinlich noch lange,
die Schartigen, Schrundigen, an denen
sich haftet, was an Unrat heranweht.

Natürlich, so sprach er, nicht zuletzt
die unsrigen, die Blüher genannt, als
Blüher bekannt, denen aus Rissen
heraus, um Schmisse herum wildes
Fleisch sprießt in Spitzen, in Lappen
und Knollen, lohend rot und bizarr.

Caro luxurians, doziert der Professor,
von Kapillaren durchpulst, dass von
den Gelockten manche die Gier packt
nach dem Messer, dem Löffel, dem
scharfen, nach Lucas, nach Partsch,
zu spalten, zu schaben den Schwulst.

Meist genügt dagegen ein Blähen der
Kehlhaut, zu spannen, schwellen den
zackigen Kranz um die Schläfen, so
der, den Professor wir nennen, und
wurde zum Roten, wir lachten, und
blühte, wie nur wir Blüher erblühen.

Orakel

Es ging eine Zeitlang die Sage zwischen uns,
die wir gehen, sie hielt mit uns Schritt, was
nicht schwer war, wurde lauter, als es zum
Trümmergetürmten, dem großen, im Westen
nicht weit war, aber waren wir wirklich im
Westen, egal, und lauter und fraß sich hinein
in jene von uns, die löcherig waren und wirr.

Von einer Frau mit milchigen Brüsten wurde
gemurmelt, gemunkelt, verstohlen, begeistert,
mit Schenkeln wie Säulen, einem schneeigen
Kissen von Bäuchlein, bis zum Globus des
Hintern mit Haaren, jettschwarz und glänzend,
mit Augen, glänzend, jettschwarz auch diese,
die einem das Morsche im Innern entzünden.

Es wurde gemurmelt, gemunkelt, im höchsten
Haus des Trümmergetürmten, im letzten, soll
sie bewohnen, ganz oben, zwei Zimmer, Bad
mit fließendem Wasser, und wer es schafft zu
ihr, dem gibt sie zu trinken, dem legt sie die
Hand auf, die kühle, und wischt ihm den
Schorf weg, dem sagt sie, warum und wohin.

Wir trafen, das Trümmergetürmte war schon
zu ahnen, den Gebeulten, der sagte, er käme
von dort, er habe gesucht, was wir suchen,
sei gestiegen im höchsten, im letzten, hinauf
in den Wind, habe in gilben Laken gefunden
ein Stück schuppige Haut, Nägel, Geriesel,
Dreck und graues Gekräusel, sonst nichts.

Sieben Pferde

Du hast die sieben Pferde gesehen? Von weitem nicht nur, nicht wie ein jeder von uns, der meint, er hätte im Gegenlicht der untergehenden Sonne einmal ihre Silhouetten erblickt auf den Kämmen der Dünnen, er hätte im Dämmern ihr Schnauben gehört, herangetragen vom trockenen Wind?

Ich habe die sieben Pferde gesehen. Mehr wollte er zunächst nicht sagen, jener, der mit uns zog eine Zeitlang, der mit den glasigen Augen, mit der goldenen Uhr an der goldenen Kette. *Erzähl doch!* Angedroht wurden ihm Schläge. Ihm wurden Suppenwürfel geboten. *Von den Pferden berichte!*

Sie, hob er an, der, der nichts sagen wollte, sagte, sie hätten, die sieben, nichts Pferdiges mehr. Es sei nichts Pferdiges an ihnen verblieben. *Wie das?* Was er meine? Natürlich, sein staubiges Flüstern, wären da Hufe, Mähnen, Kruppen, ein Schweif, und doch nichts, nichts Pferdiges mehr.

Erzähl doch! Er habe sich, als er das Trampeln vernommen, wir mussten nahe kommen, um ihn zu verstehen, es sei in ihn eingezittert von weitem, dies Trampeln, manche trügen noch Eisen, tot gestellt. Gewühlt in all die Gebleichten habe er sich, eine Haut, eine raschelnde, sich übergezogen.

Ich sah durch die Risse der Derma ihre offenen Bäuche, sah es sprühen blutig aus ihren Nüstern. Weil kein Fleisch war, wo unbedingt hätte sein sollen Fleisch, sah ich Gebisse, die gelben. Es baumelten Fetzen vom Zaumzeug. Im Bügel des einen, ich sah, hingen noch Fetzen vom Reiter.

Er war schwer zu verstehen, der mit der goldenen Kette. Dass sie, sprach er flatternd, den Keilkopf, Ramskopf den Hechtkopf eingebohrt hätten in die Bleichen. Sie hätten Ganaschen, was übrig war davon, gerieben an ihm, und ein Stinken wäre gewesen nach Kot, Kork und fauligem Kohl.

Er hätte, sagte er und verdrehte die glasigen Augen, gefühlt, es ätzend, es brennend gefühlt, wie dann vom zähen Speichel des einen der sieben etwas sämig geronnen sei ihm über die Wange. Er habe sich zu atmen verboten, zu schlucken, zu schreien. Und sagte: Sie wollten mich nicht.

Sie hatten, die sieben, wie leise er sprach, wie stockend, mich ohne Zweifel gewittert, aber entschieden, ich sei es nicht wert. Seitdem, aus dem Haufen gekrochen, gehe er um mit dem Mal. Was die meisten von uns, gelangweilt von Beichten, zum Feuer gewandt, nicht mehr hörten.

Lichtverhältnisse

Das Licht war vielleicht das beste
nicht mehr, *problematisch* meinte
im Nachhinein einer es nennen zu
müssen, als der Kropfige die Narbe,
den leuchtenden Wulst, den Wurm
auf der Brust, entblößte, uns zeigte.

Als mit einer Stimme wie Kröten
sie hätten, hätten sie eine, er, der
Großköpfige, kundgab, darunter
schlage das Herz aus Harz einen
Takt, wie in keinem Lehrbuch er
wäre gelistet als würdig und wahr.

Um mit dem glucksenden Kichern
der Molche seine Mütze zu lüften,
den purpurnen Kranz zu enthüllen,
den glimmenden, glühenden, der
ihm lief rings um den Schädel, der
Knochensäge kreischende Spur.

Er pochte mit den Knöcheln sich
gegen die Schläfe, sagte, dahinter
verrichte ein Hirn aus Horn einen
verwegenen Dienst, das von ihm
in den Nächten des Wachens, den
schwülen, geschnitzt worden sei.

In seine schwarz ausgeschlagene
Hütte lud er uns ein, zu sehen das
Schränkchen, in dem die Organe,
die seinen, er sorgsam verwahre,
doch wir lehnten ab: Dafür sei es
bereits und entschieden zu dunkel.

Rauchfleisch

Wir sind Rauchfleisch. Wir trafen den, der das sagte, oder die, klar war das ja keineswegs, zwischen den Balken und Latten, die vom Wärterhäuschen noch geblieben waren am geschmolzenen Bahnübergang, dort wo – ach, egal, es ist von Bedeutung nicht wirklich. Aus dem Lumpenbündel drang es: Wir sind Rauchfleisch. In sich hinein repetiert, so male ich es mir aus, war es worden wieder und wieder und mit sinnloser Sturheit: Wir sind Rauchfleisch. Und als unsere Konturen sich lösten vom Dunst, war es schriller geworden und lauter: Wir sind Rauchfleisch. Um zu locken natürlich. Wir kamen heran, einer sagte: Alter, was hast du? Nicht wissend, ob es berechtigt war, dieses *Alter*. Genauso gut hätte ein Kind es sein können, das krächzte: Wir sind Rauchfleisch. Es kreischte, dass etwas sich krampfte in uns. Dass einer von uns seinen Stock nahm und mit dem Stock stach in das Bündel, das sich löste, zerfiel, weil nichts Festes darin war, nichts als Ruß war, wir starrten hin auf dieses, das Ruß war, bloß Ruß.

Skepsis, Sepsis

Hätten, wären wir, wurde gemunkelt,
nur heimlich geraunt, *doch* mit kurz,
mit hoch flatternden Händen geraunzt,
spreizlippig, verstohlen hinein in des
anderen Ohr, der das entzündete Auge
aufriss, stöhnte: hätten, wären wir nur.

Es fraß sich unter die Haut, es fräste
Kanäle, und die, die sich schleppten,
die nichts anderes taten, denen nichts
anderes blieb, als sich zu schleppen,
begannen zu kratzen, *hätten wir doch*,
in die entzündeten Stellen zu bohren.

An der Biegung, jammerten diese, an
der Böschung, vor Wochen passiert,
jene, *wären wir nur*, sie wussten mit
einem Mal von der roten Markierung,
folgten im Schlaf noch dem Rot, sie
kühlten nicht ab vor *hätten* und *doch*.

Wir fuhren sie an, wir banden sie zu, wir
schabten sie aus, vergeblich, sie
erbrachen das wenige Wasser, das wir
erübrigen wollten, sie konnten vom
hätten, vom *wären* nicht lassen, wir
verloren von uns mehr als die Hälfte.

Cantos

Damals, da alles, was war, vorbei war und was geblieben war, allmählich verblasste, verwehte, verging, als, ein wenig später in etwa, unsere Messer noch scharf und wir in den Klingen waren und in ihnen sahen, wie nach und nach an den Wangen das Fleisch uns verfaulte, als in den Bäumen noch Saft war, damals, schnitten wir Ruten herunter.

Wir ließen sie sirren, ließen sie sausen, wir säbelten Stücke heraus aus den schwefligen Schwaden und spürten Muskeln wieder im Arm und zogen uns, weil es zu beschreiben nichts gab, die Linien, einer auf des anderen Rücken, damals und stichelten darauf und dazwischen blutige Noten und sangen von der Haut die Lieder, als alles sonst still war.

Da damals, später, die Sänger verstummten, die Kehlen, die Köpfe zerfressen von etwas in uns voller Wut, schlugen wir endlich die mit dem striemigen Sang aus dem Balg und strahlten unsere Cantos des Schmerzes im sandigen Wind und holen sie zuweilen bis heute hervor, um zu ertasten, zu summen, was noch eben so geht, in sternloser Nacht.

Die Geschichte vom Brot

Wir brachen das Brot im Flackern des Feuers in leidlich gleichgroße Teile, und jeder nahm seins und setzte sich still, das Brot gedrückt an die Brust, an den Rand des Feuers und hielt fest umfangen das Brot eine Weile, bis er verstohlen es wagte, einen Bissen zu nehmen vom Brot, das noch warm war.

Lasst uns einmal andres erzählen, ein einziges Mal. Wir könnten erzählen vom Vogel Rock und von verborgenen Schätzen. Von der Prinzessin und dem Affen, vom Manne, der eine goldene Schüssel stiehlt, aus der er mit Hunden gegessen, wir könnten einmal erzählen diese Geschichte vom Ebenholzpferd.

Es fliegen erdige Brocken, mit Steinen durchsetzt, die, treffen sie, schmerzen. Nein, wir wollen hören vom Brot, du musst erzählen vom Brot, heißt es, und in den Stimmen rumort es gefährlich. Wir wollen sie sehen, die Krumen, die knusprige Rinde. Sag es: Wir brachen das Brot in leidlich gleichgroße Teile.

Gespenster

Wir sind Gespenster. Der Lange,
wir nannten ihn Elend, sagte es
leise beim Trotten uns hinterher
wie ein Windhund, ein räudiger,
nuschelte: Gespenster sind wir.

Wir hatten ihn, vor einer Woche
vielleicht, im Bachbett gefunden,
bewusstlos, mit Kruste bedeckt.
Wir netzten die rissigen Lippen
und hörten: Wir sind Gespenster.

Zuerst ließ er sie schleifen beim
Trotten, die Silben. So wie ihm
die Glieder schlotterten, als hing
er an Fäden, so purzelten sie aus
ihm heraus: Wir sind Gespenster.

Mit der Zeit wurde er lauter, das
Elend. Wir alle seien verblichen,
verweht, zu wandeln verdammt
immerzu. Verwest seien wir seit
langem und nur mehr Gespenster.

Er, der fast durchscheinend war,
schrie beim Trotten, kein Wurm
sei mit uns noch zu locken. Wir
hätten die Gunst, Benagte zu sein,
hinter uns, wir seien Gespenster.

Er brüllte, die Gnade des Stricks
sei uns nicht mehr gewährt, uns
zu öffnen die Adern, ins Trübe
zu sickern, sei Gesindel wie uns
untersagt. *Wir sind Gespenster!*

Wir trieben Haken dem Langen durch die Waden und hingen als Futterstange ihn auf. Wir blickten nicht um, aber hörten noch ewig die Krähen: Wir sind Gespenster.

III.
am Ende, zwei

Lieblinge

Wenn alles schläft, nachts vielleicht, nennen
wir es aus alter Verbundenheit *Nacht*, eine
Tür sich öffnet, zwischen den Buchen, die
es doch längst nicht mehr gibt, zwischen den
Lüften vielleicht, im Gestein am Ende, und

er heraustritt und eintritt und hintritt vor die
Schlafenden, sie nimmt, die eine, sie beugt,
ihren Rumpf, ihren Nacken, sie biegt, ihren
Arm, ihre Finger, ihn nimmt, den einen, ihn
stellt, ihn beugt, die Schulter, den Nacken,

ihn biegt, bis sie ihn berührt, er sie berührt,
sie ihn umfasst, sie in ihn passt und er in sie,
sie um ihm liegt und er um sie, so bleiben die
beiden unter den wunden Augen dessen, der
durch die Tür kommt, wenn alles schläft.

Operationen

Ich nehme aus der Dose der Finger die schlanken, die blauen aus der Schachtel der Augen. Ich löte, was jedermanns Sache wirklich nicht ist, das Haar, das lockige, schwarze. Ich will dir die Schühchen mit den Schleifen anziehen und muss dir dafür aus dem Regal der Füßchen die kleinsten anschrauben.

Ich wähle das Kleid mit den Rüschen, den Spitzen, dass man deine Knie, die neuen, gut sieht. Ich mal dir die Wangen kirschrot, damit niemand anderes denke, die Lippen glutrot und dir auf die Stirn eine winzige Falte des Zorns. Ich klatsch in die Hände, ich dreh dich, ich nenne dein Zappeln jetzt Tanz.

Ich tu überrascht, als aus deinem Wirbeln heraus du mir von hinten, von unten ins Hirn stichst. Du nennst mein Zucken, mein Hampeln, wie recht du doch hast, Brimborium. Du packst meine Ohren. Du ziehst, mit dem Trost, oben am Speicher den besseren zu finden, mir vom Hals meinen Kopf.

Geschenk

Was sich so findet in Nabel und Nase, zwischen den Zehen und im Winkel des Mundes, ich will es dir schenken. Dies pack ich ins Medaillon, das die Urgroßmutter, damals im Heim, bevor es zu Ende gegangen ist mit ihr, mir zugesteckt hat. Drinnen war Bild und Haar vom Urgroßvater, der sechzehn in Frankreich verreckt ist. Ich schmeiß es heraus und packe hinein, was sich so findet von mir. Du tickst ja nicht richtig, sagst du. Du nennst mich beim Namen. Aber was soll es, sagst du und *Ach* und hängst, was sich so findet von mir, mit dem Lächeln der Verschwörer dir um den schön geschwungenen Hals.

Besuch

Du hattest ein Messer zwischen den Zähnen, als du mich besuchtest. Klein war es, schwarz sein Griff und blitzend die Klinge. Du nanntest es später, als alles zu spät war, *Schneidteufelchen* und führtest die Schnitte mit Akkuratesse und hacktest und sprachst immerzu von Gewürzen.

Du hattest ein Säckchen mit Zwiebeln dabei, als du mich versuchtest. Es raschelten Schalen, sie schwebten zu Boden bei unserem Reiben. Du nanntest, was lieb gemeint war, *Gebrabbel* und häutetest Knollen, damit die Tränen wenigstens, so sprachst du, perlen zu halbseidnen Gefühlen.

Löcher und Geschmier

Jetzt rühr dich nicht, sag ich. Dein eingefrornes Räkeln will ich. Doch weil ich dem Gedächtnis meiner Kuppen nicht vertraue, ignoriere ich dein Schnurren. Ich krame Kohle, Pauspapier hervor und stakse auf eisigen Fliesen mit Gliedern, die flattern, die Unsinn erzählen, bettwärts zurück.

Ich breite über deine Brüste das Papier und über dein Gesicht. Ich schraffier mit klammen Fingern. Damit ich später etwas habe, sag ich. Was für die Wand am Nachtkasten, was für das leere Fach im Portemonnaie. Halt still, sag ich der Zappligen, und Gickelnden, halt einmal still für den Moment.

Du kugelst dich. Du nennst mich *Heinrich*, sagst prustend, dass dir vor mir graut. Das Resultat sind Löcher und Geschmier. Ich mag mein Butterbrot darin verpacken als Zehrung für demnächst. Du sagst es feixend, du mit deinen weißen Brüsten, zu mir mit meinen kolkrabenschwarzen Fingern.

Hoffnungsvoller Beginn

Der Wein ging zur Neige, und er konnte die Frage, wo die Toilette sich fände, nicht länger vermeiden. An der betreffenden Tür hing ein Zettel, der außer der als Überschrift gedachten Sentenz *50 Gründe, das Leben zu lieben* nichts weiter verriet. Mit leerer Blase wollte er wissen, ob ihr nichts einfalle, die Leere zu füllen, und wenn dem so sei, warum die bezifferte Vorgabe von ihr gleich so hoch angesetzt worden war.

Schnippisch war sie den ganzen Abend gewesen, nun ging der Abend zu Ende, und sie sagte und sagte es schnappend, Bescheidenheit sei nicht ihre Sache, aber er dürfe sich gerne, so er denn Plausibles vorzubringen habe, verewigen dort an der Tür zur Toilette. Nein, nein, war seine Antwort, es gehe aus seiner Sicht vollkommen in Ordnung, so wie es sei. Da lachten sie und waren sich einig und die Nacht konnte beginnen.

Fragwürdig

Lege den Kopf in den Nacken, meine Schönste, und sieh, wie die Kiefer am Himmel nagt. Und hör, wie ein Specht, ein Specht muss es sein, irgendwo dort oben das Alphabet des Herrn Morse in irrwitziger Hatz für uns buchstabiert.

Aber du, meine Schönste, entgegnest prosaisch, du könntest den hämmernden Vogel gar nirgends entdecken. Und dass es womöglich überhaupt keinen gäbe und ein schäbiges Tonbandgerät alles sei, worüber ich gerade in Hitze mich rede.

Und wenn dem so sei, so spricht meine Schönste, warum könnten die Bäume dann nicht, der Himmel sogar, nicht mehr als eine Attrappe, nicht mehr als eine Fototapete sein, aufgespannt, uns und unsere warmen Gefühle zu täuschen?

Ja, ja, sag ich und hauche der Schönsten einen Kuss auf die verschwindenden Lider und beginne, die teigigen Hügel ihrer vergehenden Brust zu kneten, und greife statt ihr zwischen die Schenkel in den Dreck, den fragwürdigen, hinein.

Meisterhaft

Wir könnten, sagtest du, weil uns die Langeweile peinigte, weil alle Spiele, die wir sonst so spielten, fad geworden waren, gleich hier im Park, wo wir, ich möchte mich doch bitte schön erinnern, uns mit fein dosierter Vorliebe gerekelt hatten, dort am See und hinterm Rhododendronbusch, sagtest du mit listigem Flackern in den Augen, gleich jetzt, zur Abwechslung und einfach so den Meister spielen.

Sagtest du und warst aufgestanden und holtest, um dem Sagen Nachdruck zu verleihen, mit der Rechten aus und begannst, Büsche, Bäume totzusagen, den Park sagtest du tot, die Vögel, Käfer, Würmer, die Spinnen, die Maden, und zogst mich hoch, denn gemeinsam, so du, würde es gelingen, also standen wir und lallten, bis es nicht mehr ging und kugelten, wo wir uns eben noch mit Vorliebe gerekelt hatten.

Der Winter war hart

Der Winter war hart. Wir haben die Möbel verschürt. Eine Rauchvergiftung hat mir das gebracht und dir schwarze Finger. Du starrst aus dem Fenster, minutenlang schon, unter der scheppernden Jalousie hindurch hinaus auf den Hof. Komm unter die Decke zurück, sag ich, und massier mir die Knochen. Dafür bekämst du von mir Spiritus und ob das kein Angebot sei. Sag es und spendiere heiseres Lachen, das letzte, was an Hausrat geblieben ist. Krokusse, sagst du mit brüchiger Stimme, sie würden sprießen, direkt neben den blauen Säcken unten im Hof, wo, ich weiß es, nichts als der Wind ist. Dein Deuten hat auf der Scheibe einen rußigen Fleck hinterlassen. Ich huste, mich fröstelt. Der Frühling wird hart.

Sammler und Jäger

Wir könnten ja, sagst du und zupfst mir am Bart, Beeren sammeln und Pilze. Es mag am Hunger liegen, dass dir bisweilen solche Ideen kommen. Wie neulich, als du den Schuh mir brachtest, den zerschlissenen, weiß Gott, unter welchem Müll du ihn noch aufgestöbert hast, und übers ganze Gesicht, dein hohlwangiges, strahlend, vertratst du die Meinung, für eine Suppe sollte er taugen.

Na gut, sage ich, na bitte. Und steige hinauf auf den Stuhl, den dreibeinigen, und schabe aus der Ecke der Decke den Schimmel, die blauweißen Flocken. Dein Schmatzen hallt wider von den kahlen Wänden, und weil ich es nicht ertrage, dieses Sabbern und Schlürfen, das Kratzen des Löffels im Teller, schau ich hinaus, wohin wir nicht mehr können, hinaus, in den Nebel hinaus.

Du pfeifst mit blauen Lippen diese Töne wieder und wieder. Du fragst mich, ob sie mich nicht an den Sittich erinnern. Wie herrlich gelb sein Gefieder war, sagst du, wie gut er geschmeckt hat, und leckst dir die Lippen, die blauen. Es war nicht viel dran an dem Vogel. Eine Keule von dir, denk ich, als du mich bedrängst, eine Sülze, wäre was andres und ich tagelang satt.

Parasiten

Wir essen einer des anderen Schorf.
Wir essen, wir knabbern, wir nagen,
was wir eingeweicht, mit Speichel,
so viel wir eben aufbringen können,
aufgeweicht haben. Wir schaben mit
fauligen Zähnen hinter den Ohren,
die Kopfhaut entlang, wir knuspern
mit unseren entzündeten Kiefern am
Schenkelinnern und wo es heikel ist
unter den Achseln. Wir knirschen,
wir weiden uns weidlich, wir essen.

Einer des anderen, jener andere den
einen, weil es so sein muss, weil es
das Sonstige weggeschmort hat, weil
nichts geblieben ist außer dir und
mir, verhakt ineinander, verbissen,
verzahnt, dass unklar geworden ist
längst, wo der Anfang des anderen
beginnt, wo aufhört der eine. Dem
Schwinden getrotzt, doch nicht zur
Kugel geworden, zum Haufen schon
eher, zum Knäuel, einer des anderen.

Schorf, wir nehmen Vorlieb damit,
wo Sonstiges nicht mehr zu haben
ist. Wir entkleiden einander, kratzen
einander die Wappnung herunter, das
Schanzwerk, verleiben uns ein, was
aufgebracht werden kann gegen die
Wundheit, der Schorf, kacheln mit
ihm uns aus innerlich, rüsten uns auf
innerlich, panzern uns aus innerlich
mit des anderen Harnisch, der Schorf,
wir essen einer des anderen Schorf.

Wir tapsen

Wir tapsen im Dunkeln. Uns wurde der Strom abgedreht. Wobei, sage ich, sag es in der Großsprecherart, die die meine ist, man nicht sicher sein kann, dass es da noch jemanden gibt, der irgendwo an irgendwas dreht. Wir tapsen im Dunkeln. Mit tastenden Händchen, voraus, nach links und nach rechts, durch den Flur in die Küche hinein. Dort müsse der Tisch sein, sagst du. Na dort, sagst du auf mein heimtückisches Fragen. Wir tapsen im Dunkeln. Und finden den Tisch und da, wo er endet, finden auch wir uns wieder. Hier sei sie zu Boden gefallen, sagst du, die Marmelade, Erdbeer-Rhabarber. Zu Bruch gegangen sei sie, hier. Du tastest am Boden entlang, ich weiß es, im Dreck. Ich hab ihn als Erster entdeckt, den Brei, den süßen, zwischen den Scherben. Wir schmieren ihn uns in die Münder, wir knirschen, wenn wir Splitter zerbeißen. Wir tapsen im Dunkeln. Es sei ein Fest, hör ich dich sagen. Weinen höre ich dich. Vor Glück, wie du sagst. Wir schmatzen. Wir kratzen die Reste vom Boden. Dein Kuss schmeckt nach Erdbeeren, nach Blut. Wir tapsen, wir tapsen im Dunkeln.

Ob einer

Ob einer, sagst du, ich höre dich kaum, sagst es mit rissigen Lippen, in den Winkeln verkittet mit Schorf und vertrocknetem Speichel, flüsterst es, weil mehr gar nicht mehr geht, ob einer, sagst du, dann käme und nicht am Ende doch die Chance bestehe, sagst es vielleicht schon im Schlaf, falls es der Schlaf ist, ob einer nicht käme, einer, den keiner, sagst du, ich verstehe dich kaum, mehr erwartet, käme und sei es auch nur, um da zu sein.

Ich lächle, das ist mir geblieben vom Lachen, ich weiß nicht, wohin mit den vertrockneten Brocken meines Gespötts, ich flüstere, weil mehr gar nicht mehr geht, ob du am Ende den Briefträger meinst, dabei solltest du wissen, sag ich, obwohl ich nicht weiß, ob du noch hörst, mich oder überhaupt, dass es längst keinen mehr gibt, der uns schriebe, oder den Milchmann, sage ich, lächle, vielleicht schon im Schlaf, falls es der Schlaf ist, lalle und lächle.

Morgen wieder, morgen weiter

Kipp ich, fall ich, stellst du mich wieder
auf die Beine, selbst wenn, was daran
Fuß gewesen ist, gewesen ist, vom Fraß,
vom Brand genommen Stück für Stück.

Kipp ich, fall ich, stellst du mich wieder
auf die Beine, nagelst mir Stützen dran,
treibst Nägel in die Knochen mir, sagst
Keine Bange, es würde bestimmt werden.

Kipp ich, fall ich, stellst du mich wieder
auf die Beine, lehnst meine Teile an die
Bretterwand, an die du Räder schraubst,
schiebst sie, schiebst mich zum Bäcker.

Kipp ich, fall ich, stellst du mich wieder
auf die Beine, klaubst aus den Trümmern,
aus dem Schutt Schamott, sagst *Rosinen*,
sagst *Koriander* und dass ich kauen möge.

Kipp ich, fall ich, stellst du mich wieder
auf die Beine, kämmst mit Spucke meine
Haare, die es nicht mehr gibt, malst mir
mit Echsenblut die hohlen Wangen rosig.

Kipp ich, fall ich, stellst du mich wieder
auf die Beine, stopfst in die Seitenwunde
mir den Wecker aus dem Grus, nennst
meinen Gaukelgang präzise à la Suisse.

Kipp ich, fall ich, lässt du mich liegen,
bereitest um mich her ein Lager, bettest
deinen Kopf mir auf die Ticktackbrust,
sagst: morgen wieder, morgen weiter.

Die Kraft

Wirst du denn, fragt sie als Letztes, kurz vor dem Einschlafen und in sein welkes Fleisch verwickelt, die Kraft noch haben am Ende, wenn ich krepiert bin, mich über die Schulter zu werfen, um deinen Hals mich zu legen wie eine Stola und so und mit mir in den Wald zu gehen am Ende, wo du mich treuhänderisch den Füchsen übergibst, um dich dann zu erheben, hinauf und über die Kronen der Bäume, von meiner Last befreit, ins Graue hinein?

Ob ich, fragst du, fragt er als Letztes, kurz vor dem Einschlafen und in ihr welkes Fleisch verbissen, die Kraft noch habe am Ende, wenn du verreckt bist, dich über die Schulter zu werfen, um meinen Hals dich zu legen wie eine Stola und so und mit dir zu den Teichen zu gehen am Ende, wo ich dich treuhänderisch den Lurchen übergebe, um mich dann zu versenken, hinab und unter die Schleier des Schlicks, von einer Last befreit, ins Trübe hinein?

Unsere Lyrikempfehlungen

Julia Kulewatz
Orkaniden. Sturmgedichte

Erhältlich in der
3. Auflage (2023)

Julia Kulewatz
counting magpies

Erhältlich in der
2. Auflage (2023)

Mark Klenk
KITE

Erhältlich in der
2. Auflage (2022)

Mayjia Gille
Trompeter auf der Landebahn

Mit Begleitworten von
José F. A. Oliver und Peter Wawerzinek

Weitere Neuheiten finden Sie unter www.kul-ja.com